朝向彼岸

王 军 著

中国文史出版社

图书在版编目（ＣＩＰ）数据

朝向彼岸 / 王军著. -- 北京 ： 中国文史出版社，
2022.3

ISBN 978-7-5205-3482-6

Ⅰ．①朝… Ⅱ．①王… Ⅲ．①散文集－中国－当代
Ⅳ．①I267

中国版本图书馆 CIP 数据核字(2022)第 037015 号

责任编辑：全秋生

出版发行：中国文史出版社
地 址：北京市海淀区西八里庄路 69 号　　邮编：100142
电 话：010－81136602　81136603　81136606 （发行部）
传 真：010－81136655
印 装：北京温林源印刷有限公司
经 销：全国新华书店
开 本：787mm×1092mm　　1/16
印 张：15　字数：240 千字
版 次：2022 年 4 月北京第 1 版
印 次：2022 年 4 月第 1 次印刷
定 价：58.00 元

自　序

《朝向彼岸》即将出版发行，翻阅着平时心中随情而记的心灵文字，我的心总是不由自主地泛起过去的岁月，过去的憧憬，过去的向往与希望。

那是在新县一中上学时，我常为省下八毛钱的生活费用从千斤的家里步行六七十里地来到学校。那时的路需要大半天的时间，我常是利用周末的早晨回到家里背上几缸子咸菜，好在学校填饱肚子继续求学，学点儿命运掌握在自己手里的知识。那是父亲的期望，也是母亲的期盼。他们含着苦累的心情，其实是希望我们长大学点儿本事，有点儿出息，不再像他们那样蜗居在山村里，一手扛着犁、一手牵着牛走在田地间过着辛酸的生活。

父辈的心情，我常在深夜里化作希望的眼睛，在那个昏黄的煤油灯下翻阅着求知的大门。那门很沉，读起来也很艰苦，那门是人们常说的跳"农门"。那时在山村里，若能跳出这个门，十里八里的乡亲认识的、不认识的都会投来羡慕的目光。有人说那是家中的祖坟"冒泡"，有人说那家的孩子真用心，考上学了。当生活的喜事临幸而至，因传统思维心态的认知就会被湾里人说得神乎其神。

后来，在从军的路上，我考上了空军导弹学院。当时那还是一所神秘的军中高等学府，我在那里生活着、求学着、刻苦着，完成心中的使命，挑起生活的担子。

在那个使命神圣的岁月里，我知道军人的刚毅与寂寞，也懂得成长的路上步步坎坷艰难，心中的向往时时难遂心愿。为此，我躲在连队的贮藏室里，在熄灯号响起的时候我拉起了灯绳，写下心里的故事；为此，我钻进阵地上的兵器车里，在大家周末玩闹的消遣中我捧起了书本，充实心灵的荒寂；为此，我的文章在《读者》《青年文摘》、全国各大报刊转载的栏目上发表了，入选中央电视台"首届全国电视诗歌散文展播"，出现在中宣部、新闻出版总署年度全国青年报纸刊物好新闻好作品的评奖名单上……

当心灵的雨水如同甘露洒在人生匍匐的路上时，生活的希望如同大海里的针芒给人一种无穷尽的向往。

这之间，我从空军地空导弹部队到陆军某医院，从人武部到省军区，每走一步是那么的艰辛与奢望，又是那么的倾情与感恩。生活中，我遇上了好人，也遇上了一些爱莫能助的战友；生活中，在组织的抚育下我感受到阳光般的温暖，也领略了人世间人情世故般的煎熬与无奈。那年，我调到了军事检察院；那年，在领导的关心下，我被任命为副检察长；那年，在评定检察官等级时，被最高人民检察院检察长批准为国家高级检察官。

于是，我一边工作，一边写着稿子；一边忙碌地为幸福打拼，一边存点儿闲余时间抒写心中的感慨与故事。几年一直没断，几年一直在方格子的纸上爬着心中的乐趣和自我陶醉的情怀。于是，散文《妹妹，永远的遗憾》，二〇〇四被教育部编入中等职业学校文化课语文教学用书里。于是，散文集《遥远的思絮》、长篇小说《儿子在军营》、军营警示录《无声的滑坠》陆续出版。没多久，凤凰网、人民网、网易、搜狐、腾讯等国内各大网络媒体在网页页面滚动式地强力推荐了《无声的滑坠》一书，该书被业界视为畅销书。二〇一八年十二月，《遥远的思絮》《儿子在军营》《无声的滑坠》被中国国家博物馆图书馆编目入藏。

我望着那一堆厚实的奖励证书，那些心中用汗水酝酿出的文字，我欣慰，也感叹着，生活不易，有这样的情怀更是不易。我时常在心里趋向偷懒的时候告诫自己写作还不能放弃，也在思绪有些模糊的时刻拨开心间的潮水让心情涌动。为此，我爱在出差的路上用指头在手机上敲打着文字，也爱在无聊的夜晚趴在桌前苦盯着电脑写着心中的故事。

生活的日子在风吹雨打中总是那么地平淡，在春夏秋冬中也是那么地墨守成规。在人生不知朝向何处迈步何处落脚的时候，一纸调令让我去了河北隆尧县武装部当了政委。没多久，又被任命为该县县委常委。那时，我常去乡里，也爱往村里跑。谈起一九六六年邢台大地震周总理三赴灾区，才知原来震中就是隆尧啊！当我夜读诗书翻阅隆尧的历史时，发觉那个小小的县城竟留下了五代后周柴荣皇帝的足迹。

在隆尧，当我在那里寻思后周周世宗时代是怎样的政治清明、百姓富庶的历史碎片时，中央八项规定来了，党反腐中的无禁区、全覆盖、零容忍的声音来了。因长期从事军事检察工作，并在北京召开的全军检察工作会上介绍过经验，没多久，我又从武装部被借调到解放军军事检察院负责审查起诉工作。那时，身处工作中常至深夜；那时，身在案卷中常与证据材料较真儿。

生活给了我一份幸运，也给了我一份肩扛的责任。后来军改期间军委纪委成立时，我荣幸地被选调到其派驻纪检组工作。在那里，身在高处，责任重大，如履薄冰；在那里，心压担子，守住清贫，世事如水。为此，二〇一九年被军委纪委记三等功一次。这个荣誉来之不易，也是我人生中最富有的一次奖项，因为它是来自军委纪委的奖励，也是对我工作的肯定。

记得在国防大学学习时，我对组长说："能去国防大学参加军委机关高级参谋班学习，心已经知足了。"

于是，每次出差我利用余暇的时间写写生活的一景一物、一事一悟，在世事的繁杂中自寻其乐。每每见一些文章发表在《新华每日电讯》《解放军报》《中国纪检监察报》《散文百家》、作家网，有的还被中宣部学习强国平台转载……每每读起它，心中总有一种说不出的满足感和自豪感。

于是，在文学的追求上，我也在一字一句地抒写着自己的心路历程，写出自己的心灵片语。在散文的深度上，我也想再辟新章，写出一些好文章。

二〇二二年三月

目 录

豇 豆 情

　　提起豇豆，总忘不了家乡地里种的那一根根长长的豇豆，一种独有的记忆总在心底里印记着上学时提着咸菜罐子的情景，那个艰苦的经历，那个家乡的情怀。

　　家乡的豇豆，当地人念作"钢"豆。有句俗语叫"吃稀饭餍盐'钢'豆子"，那是家乡人待客的一种客套话，意思是客人来家里吃饭，没有什么好点的菜来招待，凑合吃点儿的意思。后来，军校毕业分配到北方，家中也买些豇豆做菜，妻子家人称豇豆为姜豆，我对妻子说，我们老家的人叫"钢"豆。妻子说我没文化，不会识字，把姜豆说成"钢"豆。可我心里觉得妻子及其家人说的姜豆与我家乡讲的，应该不是一回事。

　　于是，一天周末时分，记得那天下着小雨，我打着伞跑到新华书店，见《辞海》里图解描述的姜豆，不念"钢"豆，是豇豆的另一个俗称，心里唰地一下子惭愧起来。往后，上街去买豇豆回来炒菜时，也没再在妻子面前提及此事。

　　豇豆在南方种植比较普遍，家家户户在地里种得一排排的，有的在菜园里搭着树架子，让豇豆藤附势而长；有的沿着菜园边坎种着，让豇豆藤顺坎结着。豇豆长得嫩嫩的、细细的、长长的，一根根垂落下来，那优美的线条，看得喜人。有人说它有固精强肾的作用，但在我的老家新县，多数家庭都腌制成咸菜来吃。

在老家，家家户户都用大小菜罐腌制咸豇豆，还有的人家用大缸腌制，甚至有个别家庭用罐头瓶腌制。腌过的豇豆黄灿灿的，与腌制的盐辣椒一起炒着，酸酸的、辣辣的、脆脆的，吃稀粥时当菜餍非常好吃。

那时，家中的咸豇豆主要是供我们兄弟在校读书吃饭时备用的咸菜，一般周末利用半天时间回到家里，炒上一两个罐头瓶咸豇豆带回学校里，当一周吃饭用的菜。那个年代，我们的家庭很贫困，没钱在学校买菜，一年四季都得靠它来维持我们兄弟的生活，也是它让我们读完了初中再上了高中。每次吃着它，嘴里像嚼着母亲的眼泪，和她那一句"好好读书，等你考上大学了就不再吃咸菜了"的话语。母亲总是给我们兄弟生活的希望，我们也总是巴望自己能考上大学，尽早结束吃着咸菜过日子的困苦，还有那一顿顿吞着咸豇豆的辛酸往事。

在学校吃咸豇豆，我记得是从初中一年级时开始的。那时在镇里上学，离家有七八里地远，因中午吃饭很难赶回去，我就在学校食堂里打饭吃。

食堂里的菜我们嫌贵，有时需要五分钱或一毛钱，家里常提供不了，我就从家里带点咸豇豆，中午在食堂打饭时和自带的咸豇豆一起吃下。就这样，我在镇里初中读了三年，也这样生活了三年。

在县城读高中时，身上常没钱买菜，我就一个月回一趟家，捎上七八个罐头瓶，让母亲炒上一大锅咸豇豆。我把母亲炒好的咸豇豆装在罐头瓶里挤得紧紧的，尽量多装一锅铲。心想，多带一铲子少一顿饿。

后来，发现从家里带的咸豇豆，在学校里根本吃不到一个月。尤其月底儿的那几天，见罐头瓶底里的咸菜仅剩那么一丁点儿，还有三四天的日子要过，心里常常闹菜慌。心想，这可咋办呢？有时竟从罐头瓶里用筷子夹出几根咸豇豆吃一顿饭，有时夹上三四根，再去锅炉房里兑些白开水，泡在米饭里，顺着咸味把米饭吞下。这样的日子，在城里读高中时一个月总是有那么三四天煎熬着，也总是在吃米饭时感觉咸豇豆是那么的下饭，那么的生生相息。

那些年，家里的地差不多种的都是豇豆。母亲花了两块钱买了一个大缸，给我们腌了一大缸咸菜。

一次，为了省一块钱车费，周六的下午我提着七八个罐头瓶徒步从县城走了八九十里，那天天很黑才走到家里。

母亲见我从城里回来，端着煤油灯急忙从咸菜缸里捞出一大盆咸豇豆去厨房炒着。我坐在堂屋里，听母亲一边炒菜一边念着："每次总是带这么多咸菜吃对身体也不好。过两个月我们能挣上两个钱，给你身上带上两三块。"

第二天返校后，我把从家里带的咸菜放在寝室床铺的下边，去教室上自习去了。晚上回到宿舍，发觉从家里带来的八个罐头瓶咸豇豆少了两个。当时，发现床下少了两个罐头瓶时，脸上唰地一下子变白了，眼泪立即在眶里直转。

同铺的同学见我脸色不好，走到跟前问我："怎么了？"

我没有说话，指着床下的罐头瓶轻轻地说一句："下午刚从家里带来的，少了两个。"

"寝室里丢菜也不是一次两次了，下周我表妹回去，让她多捎两瓶来。"同学边铺被子边对我说。同学家也不宽裕，在校吃菜多数由其表妹提供，他有时见我咸菜吃完了，也常给我一顿两顿的。

那个年头，咸豇豆像我们生活的命根子，常弥足着生活的饭菜，充实着我们的学习，丰盈着我们的岁月。没有它，很难想象高中的生活是咋过来的。

往后，在异地工作，很少吃上家乡的咸豇豆，偶尔回家也很少吃到家乡腌制黄颜色的那种。

去年探家，见妹妹端了一盘黄灿灿的咸豇豆，兴趣一下子从心底涌来，不等饭来，盘里的咸豇豆只剩下了一半，那香味像母爱的味道，也像高中时那碗开水泡饭里的咸豇豆，让人的经历多一道酸味啊。

跨 越 江 河

在浩瀚的世界里，在深邃的宇宙中，我常渺茫地寻求历史，翻阅零星的记载，细数江水的变迁，留心大河的变化。

跨越江河，不是徜徉在高铁上的浪漫，途经湖泊的惊喜，也不是凌驾在飞机的窗口，藐视云的端详，日的辉落，江的倒影。

跨越江河是拨开历史的细浪，浏览江河的美景。那是一杯美酒，勾起美的回忆；那是一束阳光，泻在舒心的脸上。让你从爱情的忠贞中追溯到秦晋之好；让你从昭君的出塞里遥想到盛世的长安。

于是，你发觉人的渺小是时光的不再，人的辉煌是精神的展现。有时，你不再因一事而争吵，耗费在无聊的时间里，也不再因量子的纠缠，而梦想爱的无限。

江河很大，竭尽生命的力气也难心数；江河很长，踏尽日月的光辉也难理头绪。

历史从记载起就是零星散落的，世事的功绩都会留在滚滚的江河里，随风而去，随雨而落，随河而流。

生活中，无论跨越哪条河流，或是哪条江湖，你都非常渺小，渺小得像一丝雨丝，渺小得像一根稻草，静静地沉积在这个默默的世界里，一个不起眼的角落里……

南方有香山

提起香山，绝大多数人不约而同地以为是北京西山边的那座，那个因红叶而名的游览胜地。可在我的老家河南省新县，也有一个名叫香山的地方。那里秋枫染林，山湖环绕，景色迷人，近年游人如织，络绎不绝，是夏天避暑的好去处。

香山处在大别山深处，位于县城东南角，地势不高，山径不陡，其群山依偎，山水相连，绵延秀丽。最惹人心醉的是山边那座湖水，那里山水一色，像一块蓝色的宝石嵌在山峦之中，宛如少女的眼睛，明净而清澈，波动而楚人。阳光下面，天蓝湖绿，白云如絮，倒映水中，瞅瞅天，看看地，方知湖水倒影。微风吹来，水波泛起，送来粼粼微光，像无数粒耀眼的钻石，在眼前闪烁着，一眨一眨的，流露着灿烂的笑脸。

登石远望，山态华贵，神情可赏，水绕山去，山在水中。立在山顶上，可观县城全貌，也可仰观山城西边山石。如雨的季节，雨停雾起，雾薄如纱，时而绕山而去，时而挂在对面的山中，一层一层的，一阵一阵的，有丝带，有絮状，那山那石，隐露在雾里，像神奇的大师泼墨的山水画卷，把山城涂抹得如此壮阔斑斓，绚丽多姿。据说，有慕名而来的游客常因景色忘情而耽误了家乡人好客的热情款待。

香山有瀑有溪，有石有水。站在溪边，水流汩汩，潺潺不断，像二泉映月从溪中而来，穿过心中，荡到谷底。那不远处一人多高的溪水，从石缝而出，溅在下面的山石上，水花四溢，像一壶老酒，醉于心中。

沿溪而去，便看到香山湖水。湖面平静如谧，水清墨绿。有人说那是大别山深处的眼睛，也有人说那是红四方面军的灵魂，可来过的人赞不绝口地感叹着："那是一块青山，是一片绿水。"还有人稀奇地讲："大别山区有这么一块地方，是当地人的福啊！"

走在湖边，望着湖水，心会被这块神奇的青山绿水所陶醉，许是情不自禁地伸手在湖里掬起水来，张嘴尝一尝。身边的大爷乐呵地冲着你说："喝吧，山泉水，没污染，不碍事。"或许大爷见迟疑的你不敢品尝，他会在你面前趴下身子，在湖边伸着脖子咕噜咕噜地喝起几大口，那姿势，那畅饮，那痛快，让你忘情所至，不顾游人张望，挥手掬水，张嘴而吞。

一时间，你会咧嘴一笑，那个清甜啊，流进嗓子里，润在心田上，妙不可言，赞不绝口。

沿湖环绕，漫步在乡间的山道上，你会发觉山林丛密，林荫覆地。那树有的参天耸立，有的得两个壮年合围而抱。远望去，山上树种繁杂众多，除青松翠竹常年四季青翠外，其余多为落叶乔木。一到春天，山上鸟语花香，有名的、没名的花朵，争先恐后地开着，漫山遍野，烂漫怒放，红红的、白白的、黄黄的，把湖边的山打扮得像即将出嫁的新娘似的，从山顶亮丽到眼前的湖边。山中最惹人心醉的是兰草花开，浓郁的香气常从林中飘来，你会多情地停下脚步，朝馨香的地方寻去。"好一丛蝴蝶兰啊。"你发现后，惊喜地在林中叫着，不等你曲着身子弯腰上前一闻，抬头发现身子的左边、右边也是，那一丛丛的兰草花，绿黄的花茎，蝶形似的花瓣，轻散着香气，香味勾人，让你心旌神往。那香淡淡的，柔柔的，素雅娴静，幽香久远，不禁让人心旷神怡，情到深处。难怪苏轼对兰草花情有独钟，引诗绝叹："婀娜花姿碧叶长，风来难隐谷中香。不因纫取堪为佩，纵使无人亦自芳。"

从县城到香山，有条绵长逶迤的乡间公路，常出没山中，有时也紧挨湖边，深入谷底。同行的人对我说："路是近年修的，一家人可开车前往，开心地游玩儿。"

不远处，见一对老人牵着孙子的手，在那边不丁点儿的草地上支起了帐篷，享受着湖边的阳光，在幸福中徜徉，那情让人羡慕，也惹去惬意的目光。

我不经意间走了过去，望着那个垂暮的老人，手牵着孙子，他那乐呵的脸露出愉悦的笑容，在喊逗孙子的时候，流露一口纯粹的外地乡音。

于是，我走上前去，与他攀谈起来，方知他是从武汉过来的。他对我说："这里的环境不错，空气好，离城市又近。"

"大别山里有这么一块宝地，是老百姓的福气。"他望着蓝蓝的天继续说着。

心想，他定是迷上这里的山水了，一个没有污染的地方，一汪可以伸手捧喝的山中泉水。那山清新滋肺，让人迷恋忘返；那水净可悦心，让人难以惜别。

于是，我走进这座青山绿水的大山中，感叹大别山深处那座没名的香山、那池未名的湖水，那是红军的眼泪，洒下的红色血液，滴淌在香山的山水之间，滋润着子孙后代……

窑 湾 夜 话

在江苏省新沂县不远处，有个窑湾古镇。古镇凋谢，不知是什么时候开始的，也未去刻意了解它萧条的缘故。

有人说"南有周庄，北有窑湾"。站在窑湾的古阶上，我寻思着，寻思那一块块长有苔藓的瓦片，那光亮的石条，还有那生满铁锈的邮筒。仿佛昔日的喧闹，人声鼎沸的景象，从历史的书卷中袅袅飘来。那包子铺旁热气腾腾的吆喝声，游人的拥挤声，青烟女子的拉客声，少爷的嬉笑声，从沿街两旁的店铺里不时地传来。那商业的兴隆，那华丽的绸缎，那花枝招展的女子，把窑湾古镇打扮得如京城楼阁，街坊店铺，让人眼花缭乱。

那悬挂的灯笼，映在街上，处处景象繁荣，拂袖长舞，夜夜笙歌。

站在古镇的角落，苦思着历史的辉煌。仿佛乾隆老儿逍遥自在的解衣宽带，还在街头的传说中，让人探个究竟，溯源历史的长卷，给后人浮想联翩。

在夜深人静的时刻，我拨灯点蜡地寻找着窑湾古镇兴起的年代。

这个古镇三面环水，京杭大运河上的驿站，让南来北往的官商有了一个栖息之地。当地原是运河边上的一个小小的村落，随着运河的畅通，贸易的兴起，客栈的建立，商人的需求，才有了古镇的发展，古镇的兴旺，古镇的亨通运转。

可如今，走在这条古道的街上，瞅着陈旧的街坊，我找不到一丁点儿昔日的繁荣昌盛，昔日的繁花似锦，昔日的车水马龙。

街头的寥落，不再呈现往日的叫卖；门庭的冷市，不再像兴旺时的络绎不绝。我瞅着那户古老的大院，墙上挂着有间小姐牌子的房间，床铺陈旧，罗帐依然，可主人早已烟灭灰飞。我走进房间，凭念那时的情景，那时的富家楼阁，一代人生苦短，化作烟雨红尘。

或许，那砖便记叙着一代情史；或许，那屋便留恋着一段爱情；或许，那街叙述着一朝时代的变迁，也见证着运河边古镇那些不为人知的故事。

走在窑湾，望着繁星闪烁的夜里，心中不免泛起着古代运河的情丝，那个昌盛富足的朝代，渴盼在心中悄悄驶来……

傍　晚

太阳的余晖从云层的罅隙中，射到那块平静的草坪上时，我坐在柳树下，望着满地金黄的落日，我的心悄然地静了下来。

静得想勾住你的手，在这个傍晚时光，漫步在林荫的下面，时而笑声不断，时而停步不前，立在傍晚的风中，品尝着夕阳的余晖。

余晖泻在你的身上，映在那个花边裙子里，似火红的心在眼前跳动。你自言自语地数落着自己，说最近胖了。望着你身上紧绷的衣裙，错落有致，凸凹有形，显得格外青春靓丽。

或许你是在提醒我，让我关注你的身材，好像在夕阳落下帷幕的时分，欣赏一道人文的风景。

你伸出双手，忸怩作态地掰着手指，独自在密密麻麻的草坪上玩耍着。你说那样恬静，能撒出娇情，在这样的傍晚里，独享生活的甜蜜。

我坐在椅子上，想着你说过的话。放下手中的咖啡，沿着石阶的小道，向前走着。

树下有股小风，阳光从摇曳的树叶中映在脸上，我望着烧天的祥云，不知哪块是属于你的，哪块是我们共同欣赏的。

在这样夜色来临之际，夕阳催走了忙碌，凉风吹掉了疲惫。夜色来了，却掩饰了你的羞涩，昏黄的灯光却撩起了你的兴奋。

我想备一杯红酒，怕你来不及品尝便把纯浓的香味儿一饮而尽。我想沏一杯陈年的老茶，怕你饮后上瘾与我唠叨个没完。

那天傍晚，望着这块有云无雨的天空，想扯下那块祥和的云为你添件衣衫，消去白天的劳累……

又是一个美丽的傍晚，我坐在草坪旁的藤椅上，看着落日，慕思着你的到来……

徜徉在桑葚下

京郊一位友人的家里，种了一块几十亩的桑葚，桑葚成熟的季节，我站在树下，仰望着树上的桑葚，伸手摘了下来，塞进了嘴里。

那树上的桑葚结成瓣儿，红红的，紫紫的，黄黄的，缀在树上，挂在桑叶中。

朋友告诉我，紫色的熟了，可以摘着吃。

我疑惑地望着朋友："能吃？"

朋友明白我的意思："能吃，没打药。"说着自己伸手摘了一个，放进了嘴里。

我望着那个红色的桑葚，便摘了下来，塞到嘴里一嚼："好酸啊。"

朋友见了，伸手递了一个紫黑色的桑葚让我尝尝。

紫色的桑葚嚼在嘴里，味道立刻变了，那种甜甜的口感，不由得让人伸手又摘了一个，扔进嘴里。

提起桑葚，忽然想到老家的山上有那么几棵。桑葚成熟的时候，上山砍柴的叔佬们，偶尔爬到树上摘上一提兜儿回来给家人尝尝。但树上的桑葚，多数被山中的小鸟吃了，家里也很少有人大面积种植。

站在友人的桑葚园里，望着一树树厚厚的桑葚，阳光照了过来，落在紫色的桑葚上面，那鲜亮的果实，让人攀了这枝揪那枝，走到这树去那树，一时让人眼花缭乱，举足不前。

那心情，全然像一个孩子，在树下伸出贪心的手，任性地品尝着那紫紫的桑葚……

朋友说："摘点吧，带上可以泡酒喝，补补身子。"

桑葚酒我没喝过，平时大家说能滋心补肾，有人说桑葚是黑色的，吃些黑色的食物对身体好。

走在桑葚园里，其实酒未泡，人已醉了。"芃芃麦苗长，蔼蔼桑叶肥。"那浓香的桑叶下，款款而来的采桑女，一时在身后露出咯咯的笑声……

朝彼岸的方向

人有彼岸，彼岸在哪里，有人说在水的尽头，有人说在心的那边。

人生下来，在母爱的诱导下，总往好的方向辛苦地努力着，在涉初的过程中，有人达到了彼岸，获得了成功；有人事与愿违，半途而废。

生活中，彼岸是一种渴望，也是一个方向。得到它，需付出常人所不能经历的勇气和意志，像遇上雨天，会在雨雾里迷茫，迷失方向。像生活中遇到的挫折，会失去信心，让人精神颓废。

其实，心向彼岸，是一种精神。不管生活多少迷惘，前途多少渺茫；不管命运多少险阻，日子多少苦辣，那是一个方向，是心的向往，方向对了，向往一定在苦难中辉煌。

朝彼岸的方向，那是一条寂寞的路，也是一般人忍耐不住的路。迷惘时，不知路在哪里；失意时，不知前有岸边。耐得住清贫的人，岸很近，走得很轻松，也容易走到对岸。

心向彼岸，是一种信念，也是一种真诚。人有了信念和真诚，无论岸多远，风多大，浪多恶，都能怀抱岸边的鲜花，也能得到岸上的喜迎相拥。

春

    春来了，在树上，在阳光里，在春风中，散落在街头，布满在草地，给人以精神，给生活以气息，给生命以顽强。

    那春，在树上，树枝挂满了鹅黄的、豆绿的、桃红的瓣，一串串像翡翠、像玛瑙，孕育着绿的颜色、夏的娇艳；那春，在阳光里，掩藏着和煦的气息，洒在脸上，落在头发上，充满着欢乐，洋溢着美丽的青春，泻在勤奋的脸上，是那样的自信，那样的悠闲自得；那春，在春风中，吹在劳累的脸上，滴淌着舒心的汗水，吹在那堆枯萎的草中，刮开了生命的幼芽。

    春，是生命的希望。她飘落在哪儿，哪儿就有春的足迹；她飘零到哪里，哪里就有生命的故事。

    在地上，你发现一颗幼芽，那是生的繁衍；在树枝中，你见那微露的花朵，那是蜜蜂的未来。

    春，来了，在池塘里。那池水静谧，在阳光的辉映下，波光粼粼，那光像幸福的号子，吹在行人的心里，流露着舒心的情怀。

    站在阳光满地的春天中，望着满园的春意盎然，人在相依，生命在相依，自然在生生相依。

儿时的记忆

家乡的事，有许多记忆总是在心里翻江倒海似的涌现，映在碎片的记忆里，是那么清晰，那么甜蜜，那么地忘情……

在心里最幸福的事儿，是每年五六月份田中的秧栽完的时候。那时，田里的秧刚栽上一个多月。泥鳅长得肥肥的，在秧田里活蹦乱跳。这时，最开心的事情就是每到晚上去秧田里抓泥鳅，有大人，也有孩子们，一直抓到深夜。

抓泥鳅的工具主要用向日葵秆做火把。白天，大家把泡在泥田里的葵花秆扒出来洗净晾干，等到晚上吃完饭后拿上它，带上铁叉，一起来到田埂边点燃向日葵秆，用火把照在秧田里。泥鳅见火把照着后，在秧苗根旁一动不动，然后一只手迅速用铁叉对准泥鳅扎去，那泥鳅卡在铁叉上，提起来用手轻轻地扒进篓子里。

有时，一个晚上能叉回三四斤泥鳅，有时会更多一些。

回到家里，把它倒进烧热的铁锅里烤干。多数家庭晾干后将泥鳅存放起来，等家中来了客人做一盘下酒菜。

在老家，泥鳅的做法大致有那么几种，有蒜仔烧泥鳅，也有辣椒炒泥鳅，还有干煸泥鳅，或豆腐烩泥鳅，无论用泥鳅做的哪道菜，都香味儿可口，嚼得过瘾，吃了还想吃。

后来，那泥鳅在湾里成了一道迎客的菜。

在北方，我也去市场买过一些，回来按老家的风味做过，不知什么原因，做出的泥鳅没有家乡的好吃。

北方的泥鳅脊椎嚼起来像钢丝似的，难以咽下去。有时想吃这一口，我就瞅着机会回到老家去，美美地吃上一顿。那里的泥鳅鲜嫩美味，可炖可煮，香味儿浓浓，吃在嘴里，美在心里，那是家乡的味道。

是年，六月的一天，我点燃了火把。与年少的侄子一起站在田埂上，在火把的映照下，见一条条肥肥的泥鳅静静地趴在田间秧苗旁，那乡野的情趣一下子油然而生，一时兴奋得像个孩子。顿时，秧田边的火光下，"嚓嚓"地响着……

放开心情去踏青

春来了，花开了，踏青的日子开始了。

踏青，需要放松心情，把情结打开，把心思放远，把心气儿调活，择一个周末，带着亲人或是朋友，与亲情相约，与友情相伴，牵着红颜的手，揽着情人的腰，找一个流水的地方，赏一树桃花，品赏花蕊的清香，相拥在花的树下，或颠或跑，或乐或笑，那咯咯的笑声，迎着春风拂面，在柳枝的柔姿曼舞下，展一下春情的身姿，相拥一个激情的怀抱，一边呢喃细语，一边情丝缠绵。

打开自己的心情，走在和暖的阳光里。那光与春晖相映，落在满是桃花的树上，那花敞开了自己的心扉，等你观望，待你欣赏，怒放地向你微笑示意，将倾心于你；有的含苞待放，静候你的心音；有的慢慢地向你吐露花丝，为你起舞。花与人性，你爱，她满朵扑面而来；你喜，她粉色与你扮装。

若遇上一个雨天，雨滴在花伞下，落在花瓣中，那雨晶莹剔透，挂在花的边缘，垂悬而欲滴，明净而滑落，那花娇滴滴的，映在粉红的花瓣上，荡漾着春的爱惜，花的留恋。

走在这个桃花满园的春天里，你会放慢脚步，用手掬一捧水，洒在花丛上，泼在青草里，扬在春风中。那一洒，是心情在花朵上的绽放，也是心结在春风里打开。

让心与阳光愉悦，让情与春天和畅，让爱与花蝶曼舞。

高考，总是让人那样地揪心

高考，对多数人来说是件揪心的事。你想上的学校，总是那样阴差阳错；你想学的专业，总是那么难如心意。

高考，虽然考出了一个人的真实水平，但有时却不尽如人意，事与愿违。

高考考得好的同学，归根到底还是基础扎实，平时刻苦努力的结果。但也有超常发挥的，那毕竟是少数。把希望寄予运气的人，也许碰上一次，那是运气。若碰不上呢？命运会跌宕山谷，有时会让人一生爬不起来。

我不希望人把功名成就寄盼于虚无缥缈的命运里，也不希望人把自己的命运寄托在不扎实的命题里。老天有时爱开玩笑，有时也爱捉弄人。去掉生活的幻想，生命才能展现真实的才华。那个才华，哪怕是一点儿，也属于自己的，是实实在在的。这样，人生中有了这种实在，即使上不了清华、北大，一心沉下去，做好自己的事情，终有一天会功成名就，在业界闪闪发光。

所以，高考虽然是一种能力的挑战，也是一种命运与机遇的选拔。有的人埋怨命运，不注重自身能力的培育；有的人成天祈求上帝，不爱动脑筋钻研。

学习好的同学，家庭氛围也好，阳光沐浴，阳气充足。不好好学习的同学，其家长不是游手好闲，就是怨天尤人，孩子也没有养成好的习惯，心中阳气缺失，自然没有那个精气神儿。因为养成良好的习惯，是一个人成功的基础，有了良好的品行，自然会品学兼优。

我有一个同学，补习了六七年，平时在班里学习成绩很好，次次摸底考的不是第一就是第三。结果年年高考，年年差那么一两分。有人说，这是命运。

心气过高，容易适得其反。心有焦虑，简单的题也会做错。基础扎实是一方面，平和的心态尤为重要。

不就是一个高考吗？这个社会，考上考不上都有饭吃。这饭碗，看你怎么去奋斗，一流的大学有一流的用处，但不一定能做出一流的贡献。没有考上好点儿大学的人，不能说明其能力不行，也不能自卑，社会三百六十行，行行都有不同的人才。

生活中，有人喜欢吃馍，有人见馍难以咽下。命运掌握在自己手里，经历高考，就是经历人生的起点，越过去的不是成绩的高低，而是心理的跨越。这样，你才能甩掉孩提的幼稚，学生的单纯，向成熟迈进，向今后的成功越步，不被困难屈服。

所以，高考就是人生的一次经历而已。藐视它，命运也就掌握在自己的手里，心里也不那么揪心可怕那么焦虑不安了……

河 水 清 清

　　站在河边，望着河中生长的那一丛丛旺盛的青草。突然，你会发觉河水的细流，孕育着各种生命。

　　有河的地方，一定能寻到水的源头。有时见一条干涸的河流，石头裸露，沙子暴晒，河底没有青草，也没有绿色的植物。那河一定是很久没有水流了，通常叫作季节性河流。

　　这种河流在北方常见。有时，你在大山里见河里有那么一丁点儿水，或是河水涓涓细流，那河一定会有青草丛生，或是绿色植物生长。放目望去，看到河边绿草青青，蝶蜂飞舞，那一定是个休闲的好地方。

　　于是，找个清闲的日子，带着朋友驾车前往。在那个有水的河旁支着帐篷，躺在河边，烤着肉串，望着平静的水纹，在青草的河边，边说边笑，是多么地惬意。

　　躺累了，脱下那双汗脚的鞋，挽起裤腿，踩在河里，弓着平时不爱动的腰，伸着双手在河里摸着石头。兴奋时拾上一块石头直起腰来往远处扔着，有时见河中的小鱼儿从脚前游过，你会惊喜地望着鱼儿游动的机灵模样。

　　那水好清啊，瞅着流淌的河水，脚踩在河里的石头上滑滑的，脚心痒痒的。有时，就那么一点儿水流，也让人激动地玩到天黑。

一次，南方的朋友见我对河水的喜爱超出他的想象，他望着我说："我老家的河里，长年四季都是清水细流。不像北方，河里没水。"

南方的雨水本身多于北方。那河水清澈见底，瞅着能让人心起涟漪，感慨山川的秀丽，那里的水清清，草也青青，云也飘得轻轻。

忽然，想起一句古训，水清则无鱼。那么，人清呢？

花快要开了

在门口有一棵桃树，春天刚到没多久，树枝就开始生满了花朵。

花朵在阳光下，惹人心动。望着它，你会发觉天暖和了，空气里不那么冻手。有心的人，常在桃前爱怜。怜悯那朵刚冒出的花儿，相惜那枝在微冷天气里的生命。于是，在心里总是那么留恋春天的逝去，那么忘怀花开的从容、花落的舍弃。

花，要开了。在相约的春天里，她破枝而生，重逢于你，是生命的旺盛让花从树枝间冒了出来；走在阳光的世界里，她让香气四溢，让色彩斑斓，让生活娇艳，让生命绽放。

花，要开了。开在你我欣赏的天空中，开在你我开怀的情绪里，让你驻足，让我止步，让快乐相伴，让欢笑拥随……

花，要开了。开在相守的岁月中，开在各自相惜的生命里……

花 为 谁 开

花开花落，花谢花展，究竟为谁而生，何时而生，立在花前，总在心里寻思，心中探究溯源。

花开而有因，花落而有序。春天的花，预示着生命，给人一种气息，一种拼搏，一种姿态。春天的花就要开了，你还能蒙被大睡吗？春天的花就要扬眉吐气了，你还能不抓紧时间珍惜日子吗？花开在春天，警示着春天来了。春来了要想人生富贵，必坦然前行，既要经得住和风细雨的洋洋洒洒，又要经得住夏的狂风雨淋，秋的霜打傲立。

花在夏天怒放，正是经过春的细腻，风的滋润，雨的调和，才有婀娜多姿的招展，那么娇艳火红，那么香气四溢。夏天的花，展示着旺盛的生命，山上山下，河坎沟边，平地草原，知名的，不知名的，尽情地开着，给大地以生机，给人以精神。所以，花为地而开，为阳光而展。

人如同花，若一个人要为你开花结果，除给予适当的情分外，还要勤耕细作，守心凝气，方让心爱的人光彩照人，新鲜如旧。不然，相守不到一生，谢了；相处不到一年，不知花儿泪落，不知花儿浇水，不知花儿自醉，花为谁开，花落谁家……

赏花，得惜花；惜花，得识花；识花，得爱花。花才为你香馨，为你舒展，为你耀目，为你凋谢。

花　雨

　　老家的桃树、杏树、李子树，常在房前屋后、田边地坎栽上。春天来了，那花开得一朵一朵的，在春风的吹拂下纷纷落下，那场景像斜织的雨，散落在树的周围，有时零星地飘在远处，看了让人爱惜，让心生怜。

　　我常感慨花落像一场飘落在心头的雨。她是那么地洒脱，又是那么地从容，从树梢落在地上，有时撞在你的身上，钻进你的头发里，从你的手边滑落，从你的脸庞溜过。

　　那一刻，你是多么地惋惜，也是多么地心悦。心叹花叶的更替，时令的变迁，感到岁月的快慢。欣喜花落的瞬间，纷纷而下，满树飘舞，像从天而来，掉进爽朗的心田。

　　在江南，我见过满园桃花飘落的情景。那天，风不大，一阵一阵的，我站在一排排栽着桃树的园子里，见桃花在风的摇曳下，像一阵雨似的，斜织着，飘逸着，弥漫着，在树中飞扬，在园中飘舞，在地上翻滚。那情景，像姑娘粉红的笑脸，咯咯地藏在树中的深情；那阵势，像小伙子热恋的火热，一时在地上撒成一片。

　　于是，有人伸出双臂，仰望天空，惊叹落花如海；有人拉着恋人的手，奔跑在桃花树下，领略着落花的情怀；有人静静地站在那里，看一瓣瓣花朵随风而飘，随情而动，独自在心里感怀花落的怜情。

那花落得似雨，像心中的花雨，躁动着青春的心，也拽动着相恋的情。

不知什么时候，我爱在落花的树下，感受花如雨一般地飘落，想撑开心的伞，在花瓣纷至沓来的日子，守住花的气息。

有时在家里，站在窗前，瞅着窗外那棵满是花朵的海棠，忽见一阵轻风吹来，满树枝叶摇摆，花瓣轻柔曼舞，在树的周围像雨点儿似的纷纷落下。顿时感叹，落花如水，时光易逝。

随后，我又从家里跑到门前的小道上，看着阳光透过树叶的花朵，我在两边栽满海棠的路上走着，忽有一阵微风吹来，那花便在路的两旁纷纷而至，像雨点儿似的掉在身上，我蹲下身子伸手拾起飘到眼前的一瓣，见那花在阳光的照射下，张开了微红的笑靥，腼腆地躺在手里。于是，我打开心中的伞，翘盼一个落花的世界。

火候的把握

昨天，一个朋友微信问我，自己是否会做饭。

我说，平时不怎么做饭，自己做自己吃没什么问题。家中的饭菜常是妻子来做，不管什么色香鲜味，只要填饱肚子就行。

其实，生活中的饭菜是个细心的活儿。什么时候放盐，多大火候开锅，多长时间炖熟，全然得用心去做，细心地品，精心地准备，才知事无巨细。这样，色会悦目，香才扑鼻，味能入胃，吃起满嘴香甜，尝起来味美劲道。

可做饭，我从没用心过。

今天中午，妻子不在家，我试着做点儿吃的。打开冰箱，见存有汤圆，就把它放进锅里煮着。水烧开时，我望着汤圆在开水锅里翻滚，盖上锅盖，任火烧了一会儿。五六分钟后，我见原先的汤圆煮成了一锅粥，心里却觉得美滋滋的。

"看，我煮的汤圆成糨糊了。"我在灶台前自言自语地说着。

好端端的汤圆，却被我煮得没有汤圆的形状了。

心想，我早两分钟揭开锅盖，汤圆不至于煮烂在锅里。

煮汤圆需要把握火候。火候不到，汤圆不熟，没法吃；火候过了，会丢失原先的味道，吃起来不香，含在嘴里无味。

其实，生活中做事如煮汤圆，用功了，用心了，心细了，遇事把握火候，凡事就简单些，做起来也自然会得心应手，事半功倍。

于是，在往后的生活中，我开始学会做饭，也学会了做事的方式和处事的态度，把握好火候。

家乡的端午

老家的端午一般分为两个节日来过，一个叫小端午，顾名思义，另一个就是大端午了。

小端午就是人们常讲的五月初五那天，大端午为五月十五。

我不知传统的节日为什么分为大小两个端午。记忆中听母亲说的，小端午没吃上粽子的，大端午补上。至于端午节，那时小，没去问个究竟。

家乡的端午多数在头天的晚上包粽子。有的在糯米中间放上一个红枣，多数人家都是白糯米做的，有的家庭还煮些鸡蛋，用红纸把鸡蛋染成红色，再从地边的桃树上摘些桃子回来，将粽子、桃子、染有红色的鸡蛋放在一个大盆里，一家人坐在一起，边聊边用筷子夹起粽子蘸着红糖或白糖吃着。

老家的端午节，最让家庭里高兴的事是把未过门的儿媳妇儿请到家里来。记得很小时，湾邻里有好几个童养媳。他们的父亲多为亲戚或是朋友，双方大人看好后，相互把刚生下来的女儿许配给对方的儿子将来做媳妇儿。这样一来，两个家庭便成了亲家。逢年过节相互往来，一到端午就把未过门的"儿媳妇儿"请过来，一起与家人过节。

这样的家庭，在老家端午的前一天，家里通常是烧油锅的。炸些麻花、散子、麻叶什么的，好让请过来的"儿媳妇儿"走时捎回娘家去，算是给娘家亲人一个交代。或是通过这些食物来断定婆家的做工是否精细，是否是大户人家。

来往多的"儿媳妇儿"在婆家待的日子也长，有三四天的，也有六七天的。甚至大点儿的女孩有的还下地帮忙干些农活，收麦子、去地里拔草等，也有在端午那天吃顿中午饭后就回去的。

家中有妇女的人家，这一天多是上山割些艾叶回来，晒干收藏起来，为生孩子备用。

在老家，艾叶多用来熬水消毒。因为端午的艾叶可以入药，煎水熬汤洗身子不易被蚊虫叮咬。

这就是我记忆中的端午，与传说的端午又是一个不同的风土民情。

中国很大，文化厚深，不同的村落记叙着不同的端午。其实，都是一种思念，也是一种节气。对于后人，那是一种幸福。

家乡的黄瓜

老家的黄瓜，短粗短粗的，黄瓜的味道要甜一些，吃起来水多，清爽可口，有点水甜。

黄瓜多数栽在菜园的边沿上，藤顺着菜园的坎边往下长，也有个别的湾邻人用树枝或竹竿搭起架子，让黄瓜藤向上攀附着。这样，黄瓜结得厚实，也好采摘下来。

我家的黄瓜种有两三畦菜地，黄瓜没成熟时，上面长有一层刺。这时摘着黄瓜吃，里面的汁有些腻嘴。

生吃黄瓜，我个人以为还是家乡的那个品种好吃。这倒不是其他地方的不好。那种细长细长的黄瓜，是我到部队后第一次见到的，皮厚瓤少，在连队常拍成碎块儿，放在盘子里拌点儿酱油和醋，再放点儿其他调料，做凉菜吃。

我见炊事班班长外出回来买这样的黄瓜，当时不由得多了一句嘴："怎么买长长的黄瓜，这黄瓜水少不好吃。"

班长见我在一旁多嘴，从筐里拿着一根黄瓜朝我扔来："你这个'新兵蛋子'，怎么那么多事儿。"

后来，班长对我说，他老家大棚里种的黄瓜就是这一种。

我望着班长，说老家的黄瓜短胖短胖的，可好吃了。那天，班长听得入了迷，看着像流口水了。我望着班长动心的样子，对他说："探家给你捎点儿来。"

班长听后没说什么，像我不知北方还有细长的黄瓜一样，他也不知我老家的那个品种。

当兵第二年的五六月份，我请假回了趟老家。临走时，我让母亲去菜园里摘些黄瓜，准备把它带回部队去，因这之前，对班长说过。

母亲跑到菜园里见黄瓜没长几条，就摘了回来。她洗干净后，放进我的军裤里。

我见母亲才摘回三四条，便问母亲："就这几条？"

"今年天干，园子里没长几条，都摘回来了。"母亲向军裤里装完黄瓜对我说。

"我姨家菜地里有没？"我望着母亲问着。

"你去看看。"母亲无奈地说。

那天，我跑到湾邻的菜园里又摘回了六七条。返回部队后，我把从家里带来的黄瓜从背包里掏了出来，放在洗脸盆里用水洗净后，递给了排长、班长，排长问这是什么，我说是家乡的黄瓜，他咬了一口，嚼了起来。

"这黄瓜好吃。"排长话音刚落，寝室里的老兵放下手中的衣物，撒腿跑过来去洗脸盆里抢起了黄瓜。

那天，班长、老兵都吃上了品种不一样的黄瓜，心里美滋滋的。我望着他们个个惊喜的脸，好奇地念着"这黄瓜好吃"，心想：一条黄瓜也能改变一个人对一种事物的看法。

从那以后，我们再没有因长黄瓜、短黄瓜争论不休，他们也不再叫我"新兵蛋子"。

后来，我出差到河北唐山一带，见北方的农村也种老家一样的黄瓜，心里很是新奇。那晚，训练很晚回来，我在炊事班里一下吃了两条。

那黄瓜在嘴里慢慢地嚼着嚼着，却嚼成了第二个故乡，也嚼出了家乡的味来……

家乡的秧田

家乡的朋友从电话里说起插秧的事来，这些年身在北方的城市，很少在农忙的季节回到家乡，心中竟然忘记了插秧的日子。

朋友说："五月了，家里正在插秧。"问我还记得不。

家乡的秧田当然记得了。小时，父母下田插秧，把弟弟妹妹常放在田头的篮子里，让我在旁边照看着。

那时，大人们挽起裤腿，撸起袖子，走进泥巴田里，手握着秧苗，撅着屁股在田里一行一行地栽着。

插秧是个力气活儿，也有心细的叔叔婶婶秧插得又快又好，竖成行，斜有路。有时，他们在泥田里玩起泥巴像个孩子，男的从水田里手抓泥巴朝女的身上扔去。泥巴甩到女的衣服上，田间一下子热闹起来，你追着我，我追着你，相互间用泥巴打闹起来。

一时间，田地无人栽秧，男女满田跑。

那哪是栽秧啊，分明像是"打架"。有的人身上全是泥巴。事后，他们不仅没有怨气，还在一旁咧嘴笑着，乐着。

大人们玩了一阵子后，田里又恢复了先前的平静。他们几个人或十几个人一会儿就把田里的秧苗插完了。

大了些，我才懂得父辈们插秧的乐趣。那是他们一年的希望，也是一年中最快乐的日子。

记得有一年，我不大点儿。见母亲被男人们在田里追得满田跑，七八个人抓着泥巴往母亲身上扔着，母亲的头发、脸上、衣衫、裤腿全是泥。后来，几个健壮的叔叔还将母亲摁倒在田里，我望着母亲在泥田里挣扎，在田埂边吓得直哭，拼命地叫喊妈妈。

妈妈听到我撕心裂肺的哭声，也无能为力。大人们继续玩着。母亲见我哭得厉害，在大人们放下手后跑到田头，抱起最小的弟弟，解开衣襟给他奶吃。

我望着母亲浑身是泥，伸手甩着身上的泥水。母亲说："别哭，大人之间闹着玩儿的。"

到了晚上，母亲洗掉腿上的泥时，才发觉小腿上有一条长长的口子。我趴在母亲的腿上望着那有血咖的伤口："妈妈，痛吗？"

"没事。"母亲总是那么乐观。

第二天，母亲若无其事地挑着秧苗，走进了泥田里。

长大后，田地分给了个人。每到插秧的季节，再没见到那田里的嬉戏声、打闹声、欢笑声，也没见有人在泥田里唱着山歌插着秧。慢慢地，发觉那时插秧的"号子"成了山村的历史，也成了儿时的记忆。

往后，提起插秧，我想到后梁时期布袋和尚的诗句："手把青秧插满田，低头便见水中天。六根清净方为道，退步原来是向前。"

忽然发觉插秧的乐趣不在于秧苗，而是退一步那满田的希望。怪不得大人们退到田边时，手拿着一点儿插剩的秧苗站在田埂旁，都直起腰笑了。

有一年回到老家，家乡的田已经干裂了，有的长满了杂草。但儿时那田里的笑闹仍依稀传来，布满生活的希望……

是啊，那五月的秧田，退一步海阔天空啊！布袋和尚何尝不是在告诫满怀期望的后人。

减肥是煎熬后的快乐

不知什么时候开始，觉得要减肥了。记得一次去医院检查身体，医生对我说："身体瘦十斤，血压就降下来了。"

说是容易，做起来很难。这么胖，怎么减。于是，便查查书，寻找减肥的秘诀，或听听年轻人的忠告，汲取他人减肥的经验。

没减之前，我的身体七十六公斤。早晨起来一称："哇，不到六十五公斤了。"心想，终于减到心中的目标了。

人胖了，大腹便便的。在别人眼里说是能吃，不注意养生，控制不了欲望，也有人说是工作不尽力。

一次，我送案卷材料去局长办公室。他一见我劈头就是一句："看你肚子挺的，大家这么忙，你还这么胖，工作没尽心啊。"

听了局长的话，脸唰地一下子红了，尴尬地望着他笑了笑。

"减不下来。"我顺便应了一句。

"减不下来也得减，要注意自身形象。"局长像是在严厉地警告我。

那天走出局长办公室，在一楼大厅军人风纪检查的一块大镜子前面，我左看右看，上下打量身体后，自言自语地念道："胖，确实有点胖。"

忽然，我想起在石家庄工作时，一位领导对一个应征青年家长说的话。那个应征女孩身高不到一米六，体重却一百四十多斤。

那天，只听到一位领导严肃地说："一个女孩子，不爱惜自己的身体，谁能爱惜你？"说完，他又补了一句，"连自己身体都不爱惜的人，我们军队也不接纳这样的人到部队献身国防去。"

那个女孩，因胖失去了青春梦想，也失去了父辈的愿望。

回来后，我开始了初步减肥的计划，也选择了艰难的减肥之路。

记得一天回到老家，在乡镇的街道上给二爷家买了五斤猪肉。我提在手中一看，五斤这么大一块，身上要减掉十斤肉，是件多么不容易的事情！

我开始没了信心，也没了坚持。不知怎么减掉那身上多余的脂肪，身体里那虚胖的肉。

往后，在家里，晚上朋友叫我吃饭、撸串什么的，便以工作忙推开了。下班回来后，晚上一般不吃或少吃。这样，坚持了两三个月，体重有了明显改变。我便坚持晚上不吃，过着"苦行僧"的生活，把那个"富贵"的身材熬成到"卖火柴的小女孩"。

那段日子，每到晚上肚子里咕噜咕噜地叫，饿得在家里直转悠，想寻找吃的。去厨房打开冰箱，看了看冷藏的食物，又把门关上。有时摸摸桌子上的零食，又无奈地放了下来。一天，见妻子炖熟的牛肉，上前闻了闻，好香啊，拿到嘴边，但又把它扔进了盆里……

妻子说："馋了吧，吃块吧。"

不吃，坚决不吃。望着香味扑鼻的牛肉，去了书房，关上了房门。

减肥是个毅力的活儿，人有了坚持和决心，再大的一块肉也能从身上掉下来，再难做的事也能变得容易些、简单些。正如减肥，有了先前的坚持，才有了现在的轻松与快乐；有了心里的决心，才有了实现心中的目标和愿望。

减肥是这样，生活中做事也是这样。为了减肥，我坚持了近半年晚上节食、少吃或不吃，最终减肥成功。

举手之劳

做人难免会有些棘手的事，但又不能什么事都依靠他人。说明白些，生活中不求人办事，几乎是不存在的。

人常讲，方便他人就是给自己方便。这种方便属举手之便，举手是心里愿意，也是认同。朋友的事就是自己的事，有了这种认同，举手之事就容易做，心里也爱帮这个忙。

生活中，谁都有为难之事，也都有受人之托。为难时首先想到的是朋友，受人之托是朋友的一份信任，人有了这份信任，遇事就能想到所托之人。这是一份荣幸，也是一种品德。

举自己的手，办他人之事。最大的能量是要有这份能力。能办事，办难事，难办的事，办眼前急切的事，对想办事的人是难，对能办的人是件容易的事。若属于举手之劳，在职责范围之内的，还是抬手关爱些为好。

举手之劳的事尽可去做，它是职业的德行，也是人格的涵养，多做举手之事，像献出一份爱心一样，爱他人自己被爱，自己有爱也更爱他人。

平时，如果一个人连举手的事都不愿意去做，嫌麻烦，爱抱怨，这种人至少可以说人格是不健全的，或是有慈悲缺陷，与其交往，容易误入歧途。

做好一件事，不论大小，关键是受托之人的轻重缓急。一个人，急人所急，更显爱心，也更受尊重。

为此，常做举手之劳之事，心里亮堂，心情也会快乐。这样，心里的想法单纯，日子也就会过得简单些、幸福些。

看 问 题

什么样的问题引起什么样的关注和后果，取决于问题的复杂性和人们的需求性。

问题的复杂性属于矛盾的成因，有的是事无头绪，方法不对，处理起来复杂；有的是事情简单，在解决过程中遇上人为的掺杂，最易解决的却绕了个大弯子；有的是事情本身难度很大，没有一定的能力和水平，当然解决起来费劲，甚至解决不了。可人们的需求就不同了，因需求，有的人见了这样的问题迎刃而解，有的人因环境的变化却力不从心，甚至无从下手。

一个问题对会者来说，看起来应简单些。对才学粗浅者，就难了。因为他对待问题的态度，认为什么事对他都是难事。

所以，有的人看问题把难事当作学习来看，学着学着就变得简单了。有的人看问题，不爱从不同的角度去思考，不是钻牛角尖，就是爱在原地打转，死脑筋一个。既不具备发散思维考虑问题的能力，也不会去灵活地对待问题。

其实所有的问题都具有两面性。粗浅的人认为问题不存在，觉得眼前很好，有时出了问题还不知咋回事。深刻的人看到，那个小问题不加以制止，会酿成大祸。人常说，千里之堤溃于蚁穴。

看问题要学会查找问题，吾日三省吾身。既要找自身的，也要学会帮别人扯扯"袖子"。袖子扯到位了，别人的问题就好解决了，自己也受益。

其实，看问题重在解决问题。问题有大有小，有难有易。不论哪种情况，要有解决问题的方法和途径。不然，问题一个接着一个，旧问题没解决，新问题又接踵而至。

生活中，要想看清问题的本质，弄懂问题的所在，一个不可或缺的因素，就是学习。

学能解决矛盾，学能增长知识，学能分析根源，学能看透问题的本质。这样，对问题不至于我行我素，别人对的，他能说出错的，别人觉得不合时宜，他仍觉得丢掉可惜，什么话也听不进去，固执得一根筋儿到底，若是这种心态，谈问题是对牛弹琴。

快　乐

快乐是一种幸福，快乐有多久，幸福就有多长。

一个人的快乐，在于物质。物质有了，生活充实了，精神跟着伴生。

一碗面条，他能端起来呼噜噜地吃着，"哇，好香。"吃得津津乐道。肚子饱了，什么也不想了，觉得舒畅，也很幸福。他能在街头的石条上、公园的角落里、商场的排椅上躺下来呼呼大睡，有这样的心境，也算是一种常乐的心态。

有人说，给我一张椅子，能伸着腿躺在上面就可以乐不思蜀了。

快乐的事很简单。一事一物，一草一木，能融进心里，心情就会高兴。心见这也憋屈，那也别扭，心不容事，也不关心他事，自然会受到冷落。受冷落之人，心里自然固执，精神也会变得麻木些。当然，心情也就高兴不起来。

我常想，快乐是有层次的。像吃饱不饿，躺下来就睡，是一种自我的快乐，也是自私的快乐，这种感觉只是自己享受了，高兴了，不会顾及他人的感受。也就是说，这种快乐属简单的、排他的、自以为是的。生活中，这种人往往很难打交道，脑子一根筋，固执得要命，他的东西不能动，他的利益不能碰，他的心里难说服。

另一个层次的快乐是建立在别人的情感之上，或是他人的、大众的，他舍得给予，也舍得分享。他有一点东西爱和大家平分，他见亲友、属下、不相干的人生活不如意，爱伸出相助的手，温暖他人的心窝。

也有朋友对我讲，自己吃不饱，哪有能力帮助他人。关心是句暖心的话语，并非用物质鼎力相助。能帮助他人的人，都是快乐之人，也是勤奋努力、坚强拼搏的人，他喜欢在困苦中寻找乐趣，也爱在成功之后慰藉他人，在心灵上得到精神愉悦。

这种快乐，是一般人不能比拟、不能苟同的。

生活中，老人与孩子，妻子与丈夫，哪一个人遇到什么挫折，或伤心的事，都会影响到另一个人的情绪。有时因一句不对嘴的话，有时因赡养老人的生活或孩子的教育，有时是夫妻情绪的波动，不论哪种原因，哪个情况，都能影响心情，导致生活的不悦，事情的不顺，矛盾的增加，心里的不适。

快乐要有取舍。取，要看别人的予，是否真心实意；舍，要心甘情愿，乐意付出。

做一个快乐之人，真正地懂得与他人分享，如那一碗面条要学会分给两个人吃，那一把椅子要给需要坐的人坐上一会儿。

这样，一个人的心里会永存快乐，家庭的矛盾也会少，生活会其乐融融，事顺心遂，和颜悦目。家中也常高朋满座，乐在其中。

快乐重在乐于其中

我常以为快乐是件容易的事情，但生活中往往会不尽如人意。高兴的事快乐不起来，简单的事又不那么会做，便导致心中不悦。

今天去一公园，见一群上了年岁的老人，手捧一本乐谱在那里唱着，声音那么洪亮，嗓子那么圆润，脸带情感，身晃体摇，熟悉的不熟悉的都在那里尽情地唱着。那种快乐的劲儿，让年轻人羡慕，也让路过的人心动。她们曲终人散，提着包，戴着墨镜，罩着脸，三两一起，心满意足，笑着走着。

于是，我发现快乐就得自乐。自乐，就去找乐。

生活中，购一件喜欢的衣服、心爱的物品，约朋友聚在一起，吃顿晚餐，替朋友取件快递，等等，都是件快乐的事情。

有人问，自己有时为什么快乐不了？其实，是自己心里太看重某一事物，心凝气重，当然不快乐。别人见你去趟超市捎点日常用品，你若怕回来他人不给钱，心里自然不乐意去做这件事，当然也就快乐不起来。

有时，把事情看得渺小一些，淡泊一些，心情自然就开阔起来，朋友的事你热衷参与，快乐离你越来越近。快乐喜欢你，生活便有质有量。

所以，生活的事，重在参与。在家洗一双袜子，饭后帮收拾一下碗筷，就会感到其乐融融，幸福溢于脸上。

　　参与的事有大有小，大事既无实力或又没有能力，就参与其中，谦虚地学习，做个帮手。小事能做到的，就替朋友做一下，不求回报，只图情谊。若一个朋友遭遇困难时，仍袖手旁观，心里会产生过意不去的想法，这种想法藏于心里，快乐就会远离于你。

　　面对社会不同的人群，不同的事物，学会同行同乐，同足同舞，伸出厚道的手，一起歌唱，洒下温馨的情，关怀与被爱，快乐会像晨曦一样照在你的面前……

兰

春节刚回家里，朋友电话问我在忙些什么，若不忙，去植物园看兰展去。接到友人的电话，听说是兰展我揉着惺忪的眼睛，一骨碌地从床上爬了起来，应邀前往。

兰，古为君子，与兰为伴，修身养性。君子好兰，是其清香高雅，淡纯性真，情柔似水。

在我的家乡，兰俗称为兰草，我们时常又叫它兰草花。春天时，兰草长在树林里，一丛丛，一簇簇，香气常扑鼻而来，阵阵飘至，又淡淡远离。

我习惯地认为兰就是家乡的那种。提起它，总是记忆犹新地想起春天满山的兰。那时，上山采摘一把，拿回来插在罐头瓶里，摆在家中的桌子上，让其芳香。兰在心里，是最常见不过的了，也是那么易得。所以，每当友人涉及兰的趣事，我总在心里骄傲地提及小时候在家乡山上随时采撷的兰。

后来，异地友人提到的兰却不是我家乡的那种，南非的、缅甸的、北美的，让我开了眼界，什么剑兰、蝴蝶兰、石斛兰，稀奇的、名贵的、特有的，让我目瞪口呆，也让我志趣渐广。

世上原有的事，因生在某地，习惯地在心中生出了固有的看法。常人讲的"天外有天"的事，有时又当作耳旁风。世间其大，得以厚学，世间其小，得以敬之。以小见大，洞绪思维，以大见小，渊博于学。

兰，在家乡为草，借洋于中为奇，稀有的东西为贵；人厚学了，志趣为多。若广众其多，应称为博后，旷世奇才。

兰性如人，清香高洁，爱兰知其品行。得之，方能安身立命闯天下……

蓝　莓

　　老家邻村的乡里不远处，有块种植蓝莓的洼地。那地平坦，四周是山。印象中，当地没有种植蓝莓的。

　　蓝莓原产于北美，我国黑龙江鸡西等地盛产这种植物。东北黑土地里生长的蓝莓，在秦岭淮河以南的大别山腹地，也有人种下这种植物，想必是种植的人动了心思或下了一番功夫。

　　种植此物的老板，是当地人，长期漂泊在青海一带打工。打工的辛苦时常使他感觉家乡的贫困，让他夜不能寐。

　　于是，他决心利用平时省吃俭用换来的资金，在家乡一块荒废多年的山地里引进了东北种植的蓝莓品种。

　　他开始尝试着，也用心地做着。他用汗水浇灌树根，用心血培育树苗，终在初夏的五月发现一棵熟了的蓝莓，兴奋得一夜没睡。他想，这地能长蓝莓了。

　　与他攀谈时，他有些无奈地说："这几年，你知道做农业有多难，得自己慢慢地摸索。"他继续说，"投入多，产出少。"

　　其实，生活的辛苦与付出，只有自己知道。幸福犹如酸甜的蓝莓，甜的一头儿系着酸累，酸的一头儿含着艰辛……

邻 家 有 猫

初见猫科，是儿时湾邻里养的一只花猫。那猫常从屋檐边蹿到家里寻食，有时夜里狂叫，让人在半夜里心有余悸，便对猫不存好感。

最初对猫的认识，养猫是为了在家中捕捉害人的老鼠，便知老鼠怕猫的生活常识。于是，有人养猫，也就有人爱猫。

爱猫不是因它能捕老鼠，而是它的可爱习性。古人爱猫，"闲折海榴过翠径，雪猫戏扑风花影"。对猫的描述与心境，总起怜悯之心，柔情之意。

猫的可爱，如同宋代诗人所述，"后昆随例承其响，总道猫儿解捉虫"。我对猫的喜爱，也缘于一次朋友的相识。

那友，是一个画家，专画猫的。她画的猫率真温情，可爱至极。望着画，发觉动物的温驯如人的善良，便对猫有了新的认识，不那么心有之嫌，也不那么情中疏远。

记得一次出差，在街头的墙角上忽见杨万里的诗句竟是写猫的。"朝慵午倦谁相伴，猫枕桃笙苦竹床。"心想，主人爱猫之切，真是无人能比。于是，便念了几遍，记在了心里。

后来，见朋友画猫，总是欣赏之余后，对猫心生好感，也对猫的柔情多了一份爱怜，倘若邻里再养猫，也没那份嫌弃之心了。

聆听萨克斯

　　钟情萨克斯在心里已埋藏好多年了，一直想学，终究未能做出决定，一时兴趣过后，又抛诸脑后。

　　对萨克斯的喜好，记得是在上军校的时候，一次放假回家，刚到火车站，见一个破衣烂衫蓬头垢面的中年男子，坐在广场的台阶上，吹起了萨克斯。那音乐和美，旋律悠扬，人听后像喝醉了酒，脚步一动不动地呆立在那里，听着那个凄凉的声音。

　　我见那人吹了一曲又是一曲，来往的行人还不时地从衣兜里掏出一块两块的零钱，走近后弯下腰放在他身前台阶上的那个破包里。

　　那人看也不看来人扔下的钱，只是尽情地吹着自己的曲子。那时，我疑惑的心一直在想，他怎么能记住那么多歌谱，又是那么地娴熟呢？我见他的手指在萨克斯管上不停地交换按着，心想我什么时候能有这样的水平该多好啊。

　　往后，心中产生了学萨克斯的想法，也曾拿着十几块钱跑到附近商场的文体店前询问价钱。见那么昂贵的价格，得两年军校发的补贴。之后，便把手揣进衣兜里，那钱捏出汗来。

　　于是，学萨克斯的心思，像秋天那群南行的大雁，在空中远行得无影无踪。但每去商场，我都要前往柜台前看看，也瞅瞅价钱。

记得一次去县城同学的家里，见同学家的供桌旁摆放着一管萨克斯，心里有些发痒，顿时好奇起来。同学见我瞅着萨克斯的眼睛有些发直，便对我说了一句："我哥哥的，他也很少吹了。"

我惊疑地问了一下："你哥哥会吹萨克斯？"

"会呀。"他一边把我领到他的房间，一边对我说。

心想要是自己有管萨克斯，让他哥哥教一下该多好。

那天临走，同学从房间起身送我时，我还不时地瞟着他家的萨克斯。那时心里的渴望，多少有点儿想在一个不远的角落里静听一曲萨克斯啊。

结婚后，几次对妻子说，买管萨克斯吧。

妻子愣愣地瞅着我："五音不全，买什么买。"我望着心里有点儿愠火的妻子，再也没有提及此事，但萨克斯的情怀像根扎进了心底，难以抹去。

一次，去公园里散步，发现公园的走廊里有个老人坐在那里拿着萨克斯吹着。行人说，他每天都来，坐在那儿吹上几曲。

我见他手里拿着萨克斯不停地吹着，那音好熟啊，飘进耳朵，沁入心里，全身的神经像开了花，舒畅而又轻松，愉悦而又缠绵。

那天，我挪不动脚步，站在一旁痴情地欣赏着，聆听着，像母爱的源泉，滴进干涸的心里。那夜，我梦见自己拿着萨克斯，在幽长的小道上忘情地吹着，也在公园的长廊里舒心地演奏着……

柳 的 春 天

　　春天是柳的舞台，也是柳的世界，河堤旁、池塘边，那柳在和煦的阳光下，向风里，舒展着自己的身姿；向天空，吐露着自己的叶芽。

　　在河边，我见成群结队的行人，立在柳树的不远处，也有紧挨着的，在那里抬起头欣赏柳的枝条、柳的生机、柳的拂语。它在阳光里是那样的静宜可人，也是那样的洒脱悦目。风来了，它扭动着，摇摆着，轻拂着，致意着春的到来，致谢着你的欣赏。像是在用春的生机撩开你的心扉，又似用春的气息拨开你的情丝，让你在春天里知悉生命的顽强，让你在阳光下享受生活的欢乐。

　　柳，是春的使者。它唤醒辛勤的人，迈开坚实的脚步，在春天里品尝着夏的骄阳、秋的果实、冬的贮藏；它吹拂着忙碌的人，敞开幸福的笑脸，在生命的乐章里感知着乐的去处、容的欢颜、爱的付出。

　　柳，是春的先知。它用心灵召唤着桃花的怒放，它用柔情呼唤着杏花的到来，它用枝条在为春天的花朵起舞，也在为人们舒展一块愉悦之地。

　　柳最先知春，它把春天抒写成快乐的故事，又把春天装扮成和悦的容颜，让人知趣，让人欢乐，让人心志鼓舞。

楼前的牡丹开花了

楼前有一块牡丹，不知是什么时候栽的。花开时，院里的大人小孩都爱前往牡丹丛中观赏、拍照，留个纪念。

牡丹属落叶灌木，花开鲜艳，瓣娇叶绿。唐代诗人徐凝观后有诗咏道："疑是洛川神女作，千娇万态破朝霞。"牡丹富贵大气，容易令人浮想翩翩地品尝个中韵味。

这块牡丹有一二百株，除鲜艳的红色外，还有白色、粉色、豆绿色。出门去溜达一会儿，也是欣赏牡丹的一种方式。

观赏牡丹不在于观，重在于心。赏花是一种心情，心有花香，蝴蝶自来；心惜一物，情窦初开。有时夜间路过，也见爱怜牡丹之人立于丛中，弯腰细观欣赏，忽然想起诗人李正封夜里观牡丹的情怀："国色朝酣酒，天香夜染衣。"

这些年，欣赏牡丹不用劳累奔走。牡丹三株两株种在门前的花池中、临近的公园里。也有人为了方便市民观赏的精神需求，就近大面积种植牡丹。

所以，生活富裕了，赏花也变得简单些。心求自乐，正如楼前的牡丹花开，拥抱一树，心静如止水。

路 在 脚 下

常有人在择路时，徘徊不定，举足不前，不知走哪条路最好。

人有胖瘦，路有曲直。有的路曲曲折折，有的走着走着就遇上光明大道，枯木逢春。路曲折也好，大道也罢，曲折是历练人生的经历，大道说明素质都已具备。

生活中，一条小道，有泥泞，有荆棘，有坎坷。遇上泥泞，知道路滑地湿；碰上荆棘，懂得绕其而过；心有坎坷，需立恒心之志。

路有千条，情有万种。路在脚下，走的是一种心情。心情舒畅，路虽遥远，如同轻舟。心有余悸，路宽虽短，也容易生出怨气。

走路，在于择路。既然选好了的，一定要走下去，走的是志气，走的也是未来。有的人一天走完，成绩卓著。有的人花了十年的时间与心血，最后才一鸣惊人。

路在脚下，不是曲折的长短，而是时间的差别。用心了，路在脚下，前程似锦；无心，路却遥远，难达终点。

所以，把好眼前的路，一直努力着，生活会有滋有味。掌握未来的，一直拼搏着，人生会放出奇光异彩。

那茶淡香渐远

"去一个茶座吧。"慧一只手吊着滴流液体，另一只手拿着手机在电话里说着。海放下电话，径直去了三环边慧说的那间茶座里，向服务员要了一壶茶水。

服务员不知海要喝哪种茶，便上前问着："你喜欢喝什么茶，是青茶、绿茶还是红茶？"

海见服务员问着，冲她说了一句："就是青茶。"

海知道慧平时爱喝茶，汤是清色的，绿油油的，散发一股清香。但茶有好多种，海没对服务员明确说是哪种茶。

所以，服务员问海到底要泡哪一种。青茶的种类很多，味道也各有差别，有清有醇，有浓有淡，高雅相宜，香味儿凝重。青茶最好喝的数安溪铁观音和东方美人。

服务员见海对茶道一知半解，便补了一句：那就来一壶铁观音了。海一听服务员说喝铁观音，连忙摆手："不、不、不，来绿茶。"

"那是喝信阳毛尖、黄山毛峰，还是双龙银针？"

"喝信阳毛尖吧。她可能喝的是这个。"

服务员走后，海起身站在窗台，见窗外飘起了小雨，望着街上花花

58

绿绿的伞，在行人中攒动着，他踮着脚在等着慧的到来。

时间过得很快，海将服务员送来的绿茶喝了一壶，还没见慧的影子，海心里有点儿着急了，不知慧走到哪儿了。

那么点儿路怎么走这么长时间呢？海心里琢磨着。该到了啊，慧没说过谎话啊！海自言自语地，在心里开始狐疑起来。

这么久，该到了，他起身打开房间，伸出脑袋，没见走廊有慧的影子。他又回到屋里，坐在沙发上，手指不停地在身上摸摸这儿又抠抠那儿。

他起身刚撅起屁股又坐了下来，他拿着手机试着拨了一下，见对方手机忙音，抬头望着门的动静。他听到走廊的脚步声，以为是慧来了，起身快步走到门口，见是服务员，窝火地走回房间，坐在沙发上一下喝了两壶水。

天不知不觉地黑了，他试着联系慧还是没联系到。心想，再等等，也许慧临时有事。

心里烦躁时，他在心里喃喃地说，她会来的，她会来的。

海在茶座里坚持着，等待着，煎熬着，可快到深夜了，还没见到慧的影子。是不是慧手机没电了，或是还在加班？

茶座打烊了，海还没等到慧的影子，他心里念叨着，这慧是怎么了？他想给她父亲去个电话，摸了摸手机，终没有拨出。

那夜，海掏了六十八块钱付了茶费，起身走出茶座时，茶已没什么味了。他见街上行人无几，小雨不断地飘着，他伸手摸了摸手机。

他喃喃地说，像是有气无力地在嘴中念着，又极像是在提醒自己，明天，明天一早去她单位看看……

那晚，慧滴流液体时，发生了医疗事故；那晚，她在医院的急诊室里被抢救了一夜……

那棵杏花树

对于杏树的记忆，那份心中难以抹去的喜爱，我不知是从何时开始的，也不知因为何事让人记忆犹新，情到深处。

我翻开儿时的岁月，寻找片刻的宁静，想从贪玩的画面中找到偷吃杏的画面，杏花的凝望，杏树的依恋。

记事起，邻里屋后的山坎边有棵杏树，杏没成熟时我和小伙伴们就惦记着。那杏树不大，但花开满枝的杏树，不几天结了好多的杏儿。那是麦黄的时候，杏儿也黄了，趁大人们去地里干活的工夫，我们爬上了那棵杏树，偷摘了几兜。那杏有些酸，嚼在嘴里脸上的神经都要抽动起来。

那是生活中第一次淘气的事儿。大了后，觉得那时的贪玩，让杏儿在心里有一种酸楚的记忆。

那是在一个驻地，有一片杏林，守杏的是一个姑娘。她常穿着一件红色的裙子，蹒跚在杏林里，那裙在树枝的辉映下格外耀眼。她的腿，有点残疾。从她走路的样子，在她的背影后，也能观察到那种不正常的脚步。路过时，或是杏儿成熟的季节，她瞅着我们，眼睛有些忧郁，许是心有向往，她总是带着惆怅的目光看着我们，有时把手伸到篮子里，抓着一把杏儿想递给我们，在那样的爱怜中，我们常从兜里掏出一块钱、两块钱，买上一袋黄杏儿，回到驻地。

一天，那雨淅淅沥沥地下着，落了一上午，在离开驻地的途中，我望见她在杏林的旁边撑着一把花伞。那伞很小，没有遮住她的衣裙，许是雨斜织得很密，飘落到她的身上，也吹进了她的头发，那雨顺着黑色的长发滴淌在红色的裙子上，流到了鞋跟里。

自那以后，再也没见着那个身残的姑娘，也没去过驻地瞅眼那片杏地。

前天，在朋友的杏园里，我望着那么一片粗大的杏树，走在跟前，见一棵杏树开着粉红的花朵，像盛开的晚霞，心里不由得勾起了往事。

我走在树旁，伸手摸着它，那树像儿时的笑脸，并蒂着满树思念，也撬开了满心的情怀。

那情在岁月的沧桑中，随轻风摇曳，似花瓣纷飞，飘落在树的周围，落在不同的草丛中，让心温情在纷繁的世界里。

那 片 竹 林

老家的屋后长有一片竹林，那竹有吃饭用的小碗口那么粗。夏天一到，我和湾邻的孩子爱到竹林去玩。

春后竹林生出笋时，大人们不让我们几个不丁点儿的孩子去那里乱跑。那样会在竹林里踩坏了笋，破坏竹子的生长。所以，竹笋刚冒出那阵，我们很少去竹林里。后来，上初中读一本诗时，见宋代诗人黄庭坚在《咏竹》中把竹笋写得惟妙惟肖，也把竹笋的嫩态刻画了出来，他告诉世人竹笋破土而出需要呵护。至今那诗我还能背下来，"竹笋才生黄犊角，蕨芽初长小儿拳……"

竹子长成后，有一股清新的味道，伸着鼻子闻一闻，味道特别新鲜。有时，在竹林里，我们抱着当年冒出的竹子转，偶尔用手使劲地摇着，将新竹子上的笋皮晃荡下来。然后，把掉在地上的笋皮拾起来，拿回家里交给母亲。因为我的老家在端午节时家家户户都用它来包粽子。

母亲常用当年冒出的笋皮包粽子，那样吃起来味道特别新鲜。这种做法是祖辈传下来的，家家都会这么做。

在老家的湾邻里，很少有人去那片竹林里刨笋，也没人去食用它。认为竹笋长大后能做生活中的用具，大家都比较爱惜那片竹林。

为此，在湾邻里也形成了一种习惯，没人去破习，也没人敢去做些与众不同的事来。所以，笋子冒出时，没人去采挖它。

　　在那片竹林里，夏天大人有时跑到那里面去纳凉，偶尔双手抓住两边的竹子来个"倒空翻"，常给孩子们表演身上的绝活。有时，几个大人比赛，攀爬竹子，看谁爬得高爬得快。体力好点儿的，像猴子一样，嗖的一下蹿得老高。然后，双腿夹住竹子，在上面幸福地望着地上的人，一个劲儿地笑着。

　　后来在南方出差，见到竹林我格外地欢喜，总要上前去抓住竹子转上一圈，心中还念着唐代诗人常建的诗句："曲径通幽处，禅房花木深。"或是走进竹林深处，享受竹子的气息，闻着竹叶吐出的芳香，才知竹林幽静的好处。

　　往后，老家的竹林不知是什么时候开始衰落了。也见湾邻的人开始吃笋了，说那是一道美味的菜，客人来了有时也炒上一盘端在桌子上。

　　心散了，信念没了，竹子自然没人看护。这些年春天一到，湾邻的人为了生计，积攒点儿钱，常在附近的竹林里奔波着，挖些笋子拿街上去卖。有时他们也偷偷地去那片竹林挖，到城里换些零用钱。

　　我见一位嫂嫂从城里回来，拐着篓子在剩下几棵稀稀拉拉的竹地里，撅着屁股寻找破土而出的笋。

　　是年，竹开始败了，也开始荒芜得找不到一丁点儿竹子的清新，一丁点儿童谣的味道……

　　那片葱绿的竹林啊，什么时候能竹密茂盛呢？

那片白杏树

门头沟石担路不远处有一片杏园，杏花满树招展，缀上枝头。那是一位朋友承包的杏地，朋友说杏花开了，电话里约我去看看。

那片杏园很大，走进杏林里抬眼望不到边，杏花一层叠着一层，在微风中，摇摆着，抚弄着，交织着，相互招手，又似相互拥抱。花在阳光下，频频点头微笑，一枝粉色的花儿，在杏树的杈枝上突兀起来，显得格外淘气，格外任性。一位老师傅告诉我，杏花刚开时是粉色的，一两天就成白色的花瓣，那瓣撒落在地上，像一层洁白的雪片，在阳光明媚的春天，像雪花似的，让人陶醉在自然的情怀里。

在朋友的杏园，见杏树的根部有小盆那么粗壮，攀爬上去，踩着低矮的树杈，望着眼前一树树杏花。或许在杏儿成长之前，带着家人，带着朋友，相识在杏花树下，温情在人文的小帐篷里，欣赏着杏花，咀嚼爱的甜蜜，温情地憧憬在幸福的花朵里。

杏儿成熟时，摘杏是一种享受，对有的人来说，在杏园里摘杏胜过在桃园里摘桃；在杏园里摘杏是一种快乐，也是一种精神上的富有。找一个周末，来到这块果实累累的杏园，闻着飘香四溢的杏儿，情到心灵处，或采或摘，或观或尝，都是一种心情啊。

"雨后花落芳菲尽，美在人间四月天。"四月，是杏成熟的季节。那时，满园的树上白杏压弯了枝头，一个个大味甜，香气扑鼻，在那个杏熟的季节，静候你的半日闲心，恭候你的垂涎喜爱，等候你的信手摘来……

那片柳树林

老家村旁的一条小河中间有一片柳树。柳树长得很粗，有的一个人伸出胳膊抱不住，树下是细细的沙子，上面长有一些青草。

柳树长在河中间的一块沙滩上，沙滩高于河床。下雨时，河水从两边流着，当地人叫它湿地柳林。

走在柳林里，最让人向往的是搭座帐篷，摆个烤摊。与朋友一起，坐着躺着，在沙地里，在草滩上，谈着往事，聊着心曲，听微风从柳叶旁轻唱，看河水从脚边流淌，那风摆动着柳枝，像姑娘扭动的身姿，轻柔曼舞，在溪流旁，迎着踏青的少女，漫步在柳树之间，戏水在小河旁边，牵着爱人的手，畅谈心中的细语，倾谈着各自的情怀。

那是一个夏天，我又慕名而去。踩在舒心的草甸上，走在密匝的树荫里。我伸手扯着柳枝，脱下了鞋袜，赤脚踏进了水里，在欢快的河水中，我品尝到夏的清凉。

那水没有夏的炎热，宛如和暖的春风，沐浴在阳光里，尽情地像享受着春天里的生活……

记得儿时，那块柳林是我们几个孩子开心的地方。我们爱牵着牛蹚着河水走过去，把牛绳一抛，任牛自由自在吃草，自己便跑到沙地上玩了起来，有时用手扒起沙子，有时拾根干树枝把沙子刨出一个大坑坑等等，玩起了心中各自的游戏。待到太阳偏西了，听到大人们的叫喊声，才急忙找着各自的牛，牵着回去……

　　至今，那片柳林还在，但放牛的孩子少了，因村子里的人多数搬到镇子上去了，但童年牵牛的日子仍留在了记忆里。

那山在远处

那山像思念，在远处的视线中，丝丝牵挂。

那是家乡的山吗？远远望去，没有那么巍峨，也没有那么陡峭。那是梦中的山吗？看上去不像，梦中像仙境，有云有雾，云雾缭绕。

那山若隐若现，朦朦胧胧。我费力地爬上一座，但山仍在远处，像初恋似的，把心扯了过去。于是，我站在山顶上远眺着，沐浴在阳光里，有时伸手揪一把花草戴在头上，或钻进林荫树下，依偎在山泉旁边。

不远处，那蜂或是蝴蝶飞了过来，总在身旁喋喋不休。于是，我想伸出手去揪住它们，可那手像在山的那边，抚摸着一颗惆怅的心，那心从希望到失望，从香甜到失眠，迈过约定的时间，也抹去了心中的惦望。

后来，那手长满了皱纹，在山的那边如同芭蕉树叶，吐露着风霜，经历了风雨。

站在山上，我深情地凝视着，瞅着远处的山峦。那山影影绰绰，灰蒙一片，时而在心中记忆，时而在眼前模糊。隔山而望，总是迷恋心中的那座。

慢慢地，发现那山在远处，留在了儿时的记忆里。心彻夜失眠时，内心有些迷惘，也有些向往……

那书已有灰尘落上

早晨起床，在书柜里瞅着，望着在军校时零星购买的世界名著，打开柜子伸手一摸，已有灰尘覆上薄薄一层。

我用手指在书的边沿上轻轻地掠过，那灰在指头上，散发着一股书的尘埃味道，用手拍打却无法弹尽。

好长时间忘记读书了。我坐在椅子上沉思了半天，想拨开懒惰的情绪从书柜里找本名著，品读着书中的情节。

那书现在看起来不贵，三四块钱一本。当时，一个月六十块钱的津贴，竟然每个周末都跑到校园旁边的书店里买一些书。

读书是一种爱好还是需要时才去读着？有时自己也没弄清楚，总觉得一天忙到晚，难以挤出时间读读自己喜爱的书籍。

其实，细想起来，不是时间少了，而是心气儿浮躁了。有时又想，是社会的进步让我们在灯红酒绿的夜晚难以抑制心里的躁动，还是压根儿就不爱读书、不想静下心来读上一本书？

我在工资涨到那时的一百倍时，发觉自己不再逛书店了。难怪读书的日子少了，那灰从屋外飘了进来，钻进了书柜里，落在书页上。

于是，我在心里产生了新的疑惑。生活好了，钱多了，爱买书的心情怎么泯灭了呢？那个贪玩的心啊，能把人从读书汲取的涵养化作到繁杂的轻浮中；那个火苗般蹿起的欲望，把人的精神推向了好高骛远的境地。我不再坐在家里，静静地拿出一本书来，在天黑的夜晚伏在灯下。那时，时间钻进了应酬里；那时，时间钻进了无聊的电视里；那时，微信兴起后，时间又钻进了聊天里……

　　放下手中的名著，我又挑了一本。想拾起昔日的兴趣，在字句间寻找快乐，也想在那千字的文章里读出心灵的感悟，去掉心里的繁杂，去掉心中的烦躁。

　　那书静静地躺在手里，那灰是否开始从封面上拂去，摸着手中的书，我心里开始又燃起了生活的希冀……

那树栀子花

昨晚，朋友在微信里向我发来一树栀子花，说是下乡偶遇拍下来的。

那树栀子花开得很旺盛，枝丫茂密，朵朵舒展。瞅着那花，在乡下应该站在很远的地方就能闻到栀子花的香气。

栀子花常散发一种淡雅的清香，香气宜人，有时摘下一朵，放在鼻前，闭上眼睛轻轻地呼吸一下，那香钻进肺里，浑身觉得花香。

栀子花在初夏盛开，花的色彩白色居多，偶见有黄色的花朵，但人们习惯将栀子花摘上一枝，拿回家中插在罐头瓶里，放在堂屋的供桌上。那样，满屋都是栀子花香。有时香味儿能延迟四五天，直到花瓣枯萎才把它扔掉。

提起栀子花，老家东南角的水田里长有一棵，是隔壁九佬栽的。

每年，田里的秧栽完后，九佬怕湾邻的孩子们折那树栀子花，甚至怕把田埂上种的黄豆冒出的嫩芽踩坏了，便在田头围起了栅栏，有时还特地从山上挖些树刺围起来。

每当栀子花长成花骨朵，或是花快要开时，我们趁大人不在，就去九佬的田埂边采摘栀子花。那时，田埂有树刺围着，我们怕弄坏栅栏，九佬发觉家中的栀子花被人采摘了，会责怪我们这些不大点儿的孩子，找到家里不愿意，或是骂我们的家人。那时，我们就从田埂的坎边搭上人字梯爬到田头，摘他家的栀子花。

栀子花开着的我们不摘，专挑几枝没开的花骨朵摘下，拿回家里，找上一个罐头瓶盛上水放在桌子上养着。

晚上，母亲见堂屋里有股栀子花香，见桌子旁摆放一瓶栀子花，拿起扫把向我抽来。我见母亲连问都不问向我打来，便撒腿就跑，当我嗖的一下跑到大门时，正碰上九佬找上门来，便侧身溜了出去……

那晚，九佬来到家里不愿意，说母亲没管教好孩子。母亲见是九佬因此事而来，连忙赔礼道歉，说孩子是自己惯坏的，不该摘人家的东西。

那晚，因怕挨打吓得我躲在屋后的柴火垛里。夜很深了，见母亲出门在湾里找我时才悄悄地回到家里。

打此，每到栀子花香，我站在老远的地方望着，或见别人手中摘上一朵，也只是看上一眼。见他人走后，身旁仍留有栀子花的香味，便静静地屏着呼吸，闻着那淡雅的栀子花香。

那花，好香啊。在那块汗水滴淌的秧田边，常浓浓地向湾头飘来，也飘来了童年的往事……

那双迷人的眼睛

我总忘不了那双迷人的眼睛，它是那样地水灵，那么地深情，一脸情意总在眼角的鱼尾纹边，羞涩地射来。

望着它，心里的魂儿不知飘落在哪里，也不知身在何处，何时能享有那样的眼神儿瞟来的一瞬。

在门口，我时常迎面相视，也时常在去饭堂的路上碰见。她抬头一瞥，眼睛深情专注，目光像勾魂似的，能把心掠走。

那时，在宿舍，我们聊起某某女生，常对她那双迷人的眼睛情有独钟，总是聊到心花怒放为止。然后，那笑声被查夜的教师发现后批评着、责备着。之后，只好蒙上被子在被窝里偷偷地睁着神经兮兮的眼睛，等着鼾声进入梦乡。

她的眼睛好大啊，水汪汪的，睫毛长长的，有人说她像个混血儿，也有人说她有波斯血统。自高中毕业后，再也没有见到她，也没有人知道她嫁到哪里。

一次回家，与同学们闲聊。一个同学问我："你还记得那个波斯女孩不？" 我说："记得。"

"再也没有她的音讯了。"我望着同学像急求答案似的，又说了一句。

同学说："这么多年，大家都不知道她在哪里，也不知她现在怎么样了。"

在心中惦念她的同学看来不止我一个。这时的惦记，多数是那时留下的一些印象，或是那时的情怀。

她的生活，是否像她那时的眼睛一样，迷人而又安好，我们常是那样的企望，也在各自的心里相许良好的祝愿，希望一切都好。

这个世上，人与人一起，一时、一瞬，或三五年，能记住某一特征或某一模样，已是很难得了。若能时常在心中惦记并牵挂着，已不是一件容易的事。

生活中，有时在经意或不经意的地方，能有一段时光或一点儿经历，哪怕一次面缘能留在心里，那也是美好的记忆。

对那双迷人的眼睛心存牵挂，在这个纷繁复杂的世事里，停下一秒静心为她，也是一种情分。

南方有佳人

不知什么时候，心中的那点儿记忆总像泛黄的日历，从心底的宁静中莫名地翻来，她长得是个什么样子竟全然不知，而心里总在莫名其妙地想着她。

她好像住在镇上南边山后的一个山村里，离我家有近二十里地，去她家所在的村子需要大半天时间。那时，大人们常到山外赶集路过那里。

一次，来家里做客的乡人对母亲念叨着，说山外的岭边有一位姑娘，长得水灵灵的，和你家的孩子差不多，挺般配的。

母亲听到这话，高兴得合不拢嘴。得知有人给自己的儿子说亲事，母亲站在家门口眺望着村头，希望我能从学校早点回来。

那几天，母亲一个人常在家里念着："儿子该从学校回来了。""上周从家里提走的菜也该吃完了。"母亲不知儿子的学校在哪里。不然，她真的跑了过来，从班里把正在上课的儿子喊出来，将心里的秘密附在儿子的耳后悄悄地说："妈给你相上一个对象了。"

从家里带来的咸菜，在学校有时吃上一个星期或两个星期。寝室里放着的菜快要没的时候，我们开始琢磨趁周末回趟家，准备下周生活吃的菜。那样，从家里带来的菜，在校吃饭省钱。那时，家里不很宽裕，

75

能有菜吃已经很幸福了。

那个周末，我刚走到村头，见母亲在家门口望着，没有去地里干活，心里觉得纳闷儿，家中那么忙，母亲怎么没去地里干活呢？

母亲见我在村子一露头，三步并作两步地跑了过来。望着我接过手中的菜缸，边走边说："儿子，有人给你相对象了。"

"你要是愿意就见见。"她在身后小声儿地说着。

我见母亲一脸笑容，神情是那样地欣慰，没有当即反驳她。不然，会伤她的心思，一个荫子幸福的希望。

"妈，快点炒菜，下午我还想返到学校去。"母亲见我没有明显反对，提着菜缸去了厨房。

在那样的山村里，穷得连件衣服都买不起的家庭，有人要给孩子介绍对象，是件多么幸福的事啊。

母亲给我讲起个人的终身大事，总是在我从学校回家拿菜的时候。她不厌其烦地说着，让我听进心里，好日后与那个乡人见面，相互间有个话语，不至于尴尬得老死不相往来了，或是免得让人说出闲话，传到湾邻风言冷语的不好做人。

每次听到母亲的话题，我搂着她的脖子说："妈，放心。有时间赶集我自己过去看看。"

往后，我在城里读书。回去次数也少，也没见母亲在我跟前念叨过。许是她也没在意此事，许是母亲懂得儿子的心思，把心先放在读书上。

那年，从军校放假回来，我在家里闲着没事，对母亲说："去那边赶集去。"母亲听后会心地笑了，说我要是愿意，她去找那个乡人。

在那个年头，村里都相当贫困。能走出大山去城里的孩子寥寥无几。在上军校时学员队长曾讲，毕业分配去甘肃某基地里工作，可以带家属，转上商品粮，转正成为国家干部。

我得知此种情况后，想从老家找个生活伴侣，让山村贫困的孩子多点儿生活的希望，带她到人称神秘而具有信仰的基地，安静地生活。

母亲说："那孩子爱赶集。不行，让那个乡人带上你。"

我望着母亲："不用，自己去走走。"

于是，在一个不太晴朗的天里，是否有阳光我已记不清了，我以赶集为名去了那个南边的山冈。

山冈的路口有两条小道，那里人来人往，一条通向乡间的集市，一条通着另一个乡镇。

那天，我花了两三个小时的路程，来到了长满松树的山冈。心里期待那个水灵灵的女孩，也想碰上母亲说的那个乡人。那是一个上坡的土路，我在那里来回地走着，望着高高矮矮的松树，怀着满心的心思直到晌午。

回到军校，我把这个故事告诉一个同学时，他听后咧嘴一笑："哪有那样的缘分。"

"怎么没有？"我反问着。

他笑着说："情痴啊。"可他哪知道一个从山里走出来人的心思，那个不易的生活。

几年后，这事随着时间的流逝，也慢慢地从心中淡忘起来，也没再虚无缥缈地搅动着心思。可生活中，总有些意想不到的地方，让擦肩而过的情丝，从心头涌来。

那是几年前的春天，我到南方出差。同学说我从北方过来一趟不容易，晚上叫几个老乡一起坐坐。

那晚，同学叫了些在当地干得不错的老乡来作陪，有男有女，席间互相介绍着。

一个气质不错的女同胞见我是老乡，便问道："你哪个乡的？"

"千斤乡的。"

"千斤哪个湾的？"她又问了一句。

我按照她的问话说出了湾名，还讲了些上学的情况。她最后问我是否认识一个人。她说的那人正是母亲说的那个乡人。

我瞅着她，想说什么，话到嘴边又咽了回去。

整晚，她一直在瞅着我，好像有什么心思，也在回忆着什么。整晚，她睁着一双黑大的眼睛，一直听我说起乡村的事儿。

那晚，初次相识，我也没好多问。或许，她就是那个女孩；或许，情窦初开时，她也跑到我家的村头，在寒冷的雨天或雪地里，露出一双冻红的小手……

你来了，我在站前等你

生活中，当你满怀信心地去做好一件事时，突然发觉像错过的季节，商量好的事情往往从身旁擦肩而过，彼此间不再言多语笑，相互陌生起来，如同路人。

认识芄是在一次偶然的旅行中，她与朋友陪我一起去爬山。那天爬山时，我匆匆地从人行中向前蹿着。那道崎岖窄长，石阶年久失修，有半块石头翘起来的，也有石头溜到下面台阶上的。在过一座独木桥时，芄急得在一旁掉着眼泪，同行的另一个女孩过去后在一边喊着，让她快点儿过来，游人也在她的身后鼓励她。一位大姐喊着："两眼往前看，大胆地走就过去了。"

因她不敢过去，她的身后行人渐渐地多了起来。

见她还是那么胆小，我望着她再三地说："用双手扶住我的肩膀，两眼看我的后脑勺就行。"

她迟疑地望着我，想说什么，又没张开嘴。我笑着说："不要怕，要掉一起掉下去。"

也许她听后心里得到了些安慰，也许是信任。那天过一座十余米长的独木小桥需一两分钟的事，她竟用了十多分钟的时间。

后来，她回忆说，那天过桥想起来至今还心有余悸。

没多久，我们相互间电话问候一下，也邀请她有空过来转转。

一天，她打来电话问我在干嘛，我说这段时间不太忙，处理一些杂事。

她在电话那头笑着说："我去看你好不好？"

"好啊。"

"你来了，我到站前接你。抱一把鲜花。"于是，我在电话里又补了一句。

她听后兴奋地在电话里叫了起来，说这就买票去。

不几天，她真的买了车票，还告诉了我车次和行程。

记得那天下着小雨，我从花店里挑选了一束精美的鲜花拿在手中，打的直接去了火车站。

在站前，我见她乘的车次还有十几分钟就要到站了，便在站前来回地走着，焦虑不停地瞅着手机上的时间。

车站里，车次一趟接一趟地到站了，行人一拨又一拨地从站口走了出来。每次，当站口出来的行人所剩无几时，我抬头惦望着过道里面，也没见她的影子。

于是，我掏出手机拨通她的号码，当我张嘴询问她到了哪里时，电话突然没音了。

原来我的手机没电了，当时心里一下子不知如何是好，心急地抱怨自己昨晚没把手机充好电。心想可能是火车晚点了，不然早该出站了。于是，一个劲儿地在站前傻傻地等着。

站前的雨仍不停地下着，我打着伞在出站口来回地张望着，那雨从伞上滑落下来像细线似的不断地流在地上，也滴在难熬的心里。

一个小时、两个小时都过去了，也没见到她的影子从站口出来，望着这烦恼的雨天，心里嘀咕着真是不凑巧，那车怎么晚点这么长时间。

在站前，我煎熬地数着雨伞流下的雨滴一分一分地过着，也数着列车一次又一次地到达车站。但那个人群涌动的站口，始终没有露出她那飘逸的发结。

不知不觉中时间在漫长的心里已过了三个多小时，我还没见到出站的人群中有她的影子，便直接到站里询问了工作人员。

"这趟车在南站停，不到这里。"听了工作人员的话，我心里"啊"了一声。拔腿冲出了站前，急忙朝南站奔去。

一路上，我在心里自责着："为什么不早在站里问一下呢？为什么不去问一下呢？""我怎么没想到还有另一个火车站呢？"心里像摔碎了五味瓶子，不是个滋味。

心想，她第一次过来，在举目无亲的城市一定等得好着急，何况车站又是人杂混乱的地方。

在南站一下出租车，我顾不上多想，也顾不上雨下得多大，手里捏着伞便往出站口跑去。

那站的出口，已没有多少行人了。见依稀的几个人在亲友的迎接中，陆续地离开了站台，我慌忙地瞅着站口的里里外外，没见她的踪影，也未闻到她的声音。

"不是说好了的过来吗？"我心里多疑地又在嘟哝着。

于是，我去了候车室，又到了停车场。从站前广场到公交车站的角落，我足足寻了两个多小时，也未见她的影子。

无奈之下，我悻悻不乐地回到家里，插上充电器，给她打了个电话。

她说她在车站里等了两个多小时，见我手机关机，便购买了返程的车票……那音有点儿怨气，也有点儿怪话。

听了之后，我不想在电话里解释什么，也没力气说出那天站前的情景。心想，一个人连车次到哪个车站都没有弄清楚，哪儿还能去待人接物呢？

放下手机，静静地坐在沙发上，那头传来挂断的"嘟嘟"声……

你拿什么与人比

聪明的人总在别人睡觉时，已安排了明天的工作。求学的人总觉得知识不足时，比别人先打开课本。

聪明的人读书只看一遍便知其要义，笨拙的人读书看了百遍才知其大意。

你拿什么和人比，不是拿自己的聪明才智，也不是拿自己过目不忘的本领，而是拿自己扎实的学艺、实在的功夫，拿自己吃苦的劲头、冷静的功底。功夫是学来的，功底是苦练的。

浮躁的人没有真功夫，只知皮毛的粗浅；清闲的人油嘴滑舌，身上装着二两油等到油干烩子尽还恬不知耻，落得一身轻狂。也许，你见过说大话的人，虽说他有两下子，两下过后尾巴翘得比天还高，吹来吹去还是那两下子，没有其他功夫，这样的人也难扶持起来。

生活中，不要与这类人相比，若非要去比，到头来也只是一路货色，玩不出新的把戏，害了他人，也坑了自己。

与人相比，其实是学识的宁静，像那泓潭水深不见底，任你舀多少勺，水深而纹丝不动。这也是做人的功底，人有格局，大事有气度，诸事有谋略，难事有法度。这样，再能吹牛的人也比不了他。

于是，这个世界上，谦逊的人处事谨慎，豁达的人海纳百川。你若没有真功夫，拿什么去比？人品不行，官德不厚，家境寒酸，好吃懒做，拉倒吧，得从娘胎做起。

你在异地想我吗

想一个人是那样地纠结，也是那样地缠绵，像冬日照在茫茫的雪地里，瞅不到来回的脚印。

那一阵，我在想你。在异乡的土地上，从大雁归去的日子，到春燕衔泥的时候，我让雁捎去夏的火热、秋的执着，可经过一个漫长的冬天，我泡的茶凉了又温，香尽又煮。于是，相思在心里酿出了苦丝，渗入了肌里，吸吮着赤红的血液。

那一夜梦情不断，记得是一个有雨的天，你撑着花伞，在雨里焦虑地望着。那雨不大，却淋湿了你的裙摆，我远远地望着你、喊着你，你东张西望，听不到我的声音，也没听到我的叫喊，你茫然地立在雨中，失望地在街的那头悻悻而去……

总忘不了你那甜甜的笑脸，在月色朦胧的树下，那块静谧的操场旁边，你时常那么姗姗独处，又那么静立一旁遐想，我不知月光落在你的身上是为谁来做嫁衣裳，也不知那夜静静地将思绪飘落到何处，何时解开自己的心田。那夜好长啊，烂漫在人的心底，找不到情伤的蕴藏。

夜静时，立在窗台，望着窗外那块繁星闪烁的天空，流星一闪而过，眨眼儿般的工夫，将忧郁扔在黑黑的夜里，思念像涨潮的水，时时拍击心的岸边，叩进无奈的心底。

那夜好长啊，长得难抹岁月的记忆，长得难抑心弦的琴声。于是，我翻开泛黄的信札，寻找岁月的沧桑，那纸泛潮，字迹有些发毛，但那清秀的字体，像朗月的夜，依稀地映在夜行的田埂上，仿佛那人从稻香的田边款款而来，踏入无垠的梦里……

年

我常想，是什么把年的味道变得如此浓厚？是什么让人如此牵挂食不甘味？是情，一股从娘胎里带来的亲情，那一脉脉、一丝丝、一款款，缓缓释放，越拉越长，越离越亲，越思越近。

她像一粒种子，播种在哪里，哪里就能安上一个新家；她像一滴涓流，汇到河里，心总是向往着碧蓝的大海。年初，在远涉的劳顿中，辛酸如雨，困苦如乞；岁尾，又渴望自己早点儿回到心的彼岸，那个家中暖烘烘的窝里。

每次年的到来，我总在忙碌的生活中，打包心思，归存心情，让心从久远的他乡生活中计划一张回程的车票，把时间拴住，把距离缩短。回到久别的老家，倾谈着一年的艰辛，诉说着心累的故事。故事有喜有悲，有乐有愁。它像一道菜，咸了，自己品尝；淡了，个中细味。它似一杯开水，太热，是否大口喝着烫嘴自己便知；凉了，是否身体适应那口渴心里明了。

这年，不属于富者，也不分穷人。富者过的是奢侈年，穷人学着过个开心年。年，是个乡愁，也是父母的巴望。小时那个等米下锅的印象，依稀在脑海里泛起，像一张泛黄的照片，穿越着喧闹的市里，城市再高大宽敞，留不住乡愁的身子；城市再繁花似锦，留不住对那顿年夜饭团圆的向往。

高适有句思乡的年诗："故乡今夜思千里，愁鬓明朝又一年。"他在边塞的小城，对今天来说算上一个村子，但他对年的愁绪，莫不过催鬓的毛发。他哪有今日的乡愁，早在京城午到家乡的节奏啊。

但，有人说，如今过年哪有年味。人都在生活的奔波中，多数在养家糊口的岁月里匆匆地回，急忙地走。为年初的设想，也是年尾的希望。

年，就这样让人慢慢地在岁月中老去，让滴淌的时间成为历史，让鲜花在香气散尽中凋谢叶黄……

年来了，都在提着大包小包的路上，肩扛着生活的责任，向往着米酒的香醇……

盼　雪

　　天冷，是下雪的季节，眼看三九天快过去了，未见雪的影子。近年，北方一些地方少雪，不知其中的缘故。

　　按理说，这样冷的天气，北方正是下雪的时候，可偏偏没有雪下。昨晚在电视里，我见南方下着大雪，一些地方的交通因雨雪天气还实行了限行。这么大的雪，怎么没飘来北方呢？让冷冽的北方有点儿雪的味道？让人踩在雪地里，能听到嘎吱嘎吱的响声该有多好啊！

　　北方的雪理应多一些，下得勤一些，但今年的北方却一直没有雪下。生活在北方这么多年了，发现北方的雪与南方的雪不太一样。因为冷的缘故，北方的雪像冰伸手抓把它，能冻得手指刺骨地痛，有时那鹅毛般的大雪刮在脸上像刀割一样，有时一夜过后，见路上的雪冻得硬邦邦的，有点儿像冰一样在地上厚厚的一层。

　　下雪时，偶尔伸手在雪地里抓上一把，那雪像冰碴儿一样，捏成球球向人扔过去，会砸痛人的身子，碰到脸上或是脑袋上，不是青一块就是紫一块。

　　所以，北方的雪，外面一层是坚硬的。遇上阳光，白天化的雪，到了夜晚就像坚冰一样，人走在上面，犹如踩在铁板上，光溜溜的，容易打滑，一不小心，那还了得，能摔得半天爬不起身子。

在南方，这样的雪是很少见的。南方的雪，松散、朵大、易化，手伸在雪窝里，有种凉爽的感觉，呼吸一下，清肺爽心，给人以精神，与心以喜悦。下雪的时候，大人孩子，男的女的，都要伸手抓上一把，有的相互扔打，闹个痛快，玩个新鲜；有的搓搓手，哈哈气，在雪地里走着，身后留着一串串脚印……然后，跺着脚后回到家里，弄上一个炖锅，大伙围在桌子旁举起酒杯畅饮……

雪，在南方北方，应以秦岭—淮河为界，那是我国亚热带气候与温带气候的分界线。无论是南方北方的天，到了冬天，该下雪的时候，下或不下，南有北无，或南多北少，心里总觉怪怪的，不像冬天里的天气。

冬天是下雪的日子。该下雪的时候，北方没有雪下，总有个巴望，也落个惦记，或在心里念着。下一场雪，让窗外有个"吹灯窗更明，月照一天雪"的景象。那时，坐在家里，心里有雪，或念叨着雪中的情怀、雪的开心、雪的快乐，或情不自禁地说，下雪了，明年是个好年景……

为此，在数九寒天的冬天，坐在北方的家里望着南方的家乡在下雪，心里有点儿期盼。

飘香的粽叶

好香的粽子啊！当我剥开那层裹紧的粽叶时，那股粽叶的清香，带着端午的情怀，钻入了肺里。是端午了，家家都在煮粽子。

我吃的粽子是早晨起床后包的，那粽叶是昨晚去湾后那片竹林里，从新嫩的竹子上摘下来的。那叶新鲜，一共拾了五六片。

妻子望着我手中的粽叶说："多摘点儿，带回去明年包粽子用。"

听了妻子的话，瞅着手中的粽叶说："这粽叶放到明年就不新鲜了，包的粽子没有那个味儿。"

"明年我们还回来到竹林里摘吧。"我边去水龙头旁清洗粽叶边对妻子说着。

于是，我把洗好的粽叶递给妻子："你闻闻，有多香。"说着，自己情不自禁地嗅了嗅。好清新的粽叶啊！想着明日端午吃粽子，一定会别有一番风味。

记得在北方的城市过端午时，女儿问："爸，这粽子是什么做的，我们自己做点儿去。"

没见过粽叶的女儿，哪知粽叶的来历。望着一旁疑惑的女儿我便对她说："这粽叶在老家山沟、坎边多的是。有种竹子长得细短，竹叶硕大，用来包粽子特别好。"但停了会儿，我又对她说："老家多数人用山上新冒的竹笋上那层皮来包粽子。那皮很大，包粽子味道清新好吃。"

女儿听我说了半天也没听明白。是年的春天，春笋如雨般地冒出时，我带她去了老家，在那片竹林里和那个沟坎旁，让她认出了粽叶。

她见粽叶长在沟坎里兴奋地采了几片，回来找母亲要米，说要包粽子。

母亲说，这米包不了粽子。她愣愣地望着母亲，不解地问："奶奶，那用什么米？"

"用糯米。"母亲一边忙一边回答她。

她在家中没找到糯米，便偷偷地用平时吃饭的米包了两个"粽子"，放在灶台前的开水壶里。那水烧开时，壶里溢出了熬稀饭的味道，并流了一地。

妻子在一旁叫着："怎么用水壶煮粥了？"

女儿听到水壶里的粥，跑过来说："妈，那是我包的粽子。"

我们取下壶，揭开壶盖，见满壶米汤笑着对女儿说："今天有粥喝了。"

女儿见竹叶在壶里飘着，她用筷子从壶里捞了出来，望着它脸上露出不屈的表情。

那天，我们喝着水壶里煮的粥，一股竹叶的味儿，带着清香从嘴里飘了出来。十多年了，那"嗝"的味道，还依稀清晰，也叙述着一家人对端午的情怀，对那片清香粽叶的留恋啊。

品　字

　　书法怎么看？其实自己觉得怎么舒服怎么观赏。好的书法是一种享受，让人觉得那字功夫了得，自然用心看了，也细细地品着。

　　心正自有苦功，苦尽甘来是书法的艺术效果。有的人写字是用心气儿来写，有的人写字是用德行舞墨。用心气儿写字字有精神，人观后也有股精气神儿。用德行舞墨墨中生豪情，字间有股正气。

　　品字，在字不在品。好字不品就舒坦，心里舒坦自然是字很优雅。优雅的字其实是一种学问，也是一种品行，能教人以正道。不好的字不管出自谁的手，一是功夫不到，天生不是写字的料。另一个是写时精力不足，或是应付差事，或是根本没用心写，看起来觉得别扭。

　　我见过一位大家，人称其字有神，功夫很深厚。那天，在军委机关直属单位给官兵送春联迎新春活动时，发现其字写得特别没水平。我见他给一位士官写一副字时，好端端的一张纸，前三个字写大了，写第四个字时，因写不下了，就凑合地紧挨第三个字的旁边写着。这样的"大家"，写出这样的字显然是心不在焉，没有用心考虑，就瞎写一气。与其送人不如说是丢人。字无论给谁写，都应写出自己的水准。不然，容易砸了自己的牌子，丢了自己的品德。那天路过时，战友让我去求上一副，我见这种场景连忙摆了摆手，罢了。

字不好与人不好一样，一个是没处挂，另一个是无处安身。写字还是用心一些为好，不是求名，而是为己。自己写好了，看了心情也舒畅，字美情长。字若歪门邪道，让人觉得不是正道。

所以，品字如读其人，好人字香，好字气正。气正，字自然唯美，看得舒坦。

平台需多大

我常登到高处，见一树在山岩的石缝里顽强地生长，那石尖滑，绝不能容一人而立，但无论刮风下雨，烈日当空，那树是那样自由自在地长在岩石的缝隙里，任风雨吹打。

有时，我也伸着脖子凑近看一看，是什么支撑了它的生命。见那树根部粗壮，沿石的缝隙往下扎去，在无水分的保障下，它能从漫长的冬天熬到春天，或是生命的奇迹，或是生的欲望。

其实，山石只给它罅隙般的平台，它埋头深扎，无怨无悔，借石缝之势向自然展示了生命的顽强，也傲视了无水滋润的生存，它把生命的神奇化作了自然界的力量，悄无声息地守望着自己，茁壮地成长着，坚强着。

前天，与一个朋友聊天时，见他总在抱怨自己所在的单位没什么发展，在那里长吁短叹，埋怨命运的不公。

人的发展需要多大舞台？扪心自问，给一个舞台你能驾驭得了吗？舞台看似别人挥洒得自如，扬扬自得。其实，自己上去舞两下，才发觉才不配位，能所不及，或是脚忙手乱，力不从心。

我常想，人的力量有多大，舞台就有多大。大了舞不动，耗费人生的经历。小了站不稳，容易邪生膨胀的欲望。

找一块适合自己的舞台，一块人生的立足之地，靠自己坚实的脚步，精心地打造。一个小有名气的人说，别人在吃面包时，我已到办公室收拾房间了。

舞台没有闲扯、搁置，也没有埋恨、忌妒，只有一心志坚，你才不会这山望着那山高，那树会比这树红。一生志气，你才在那里尽显其才，如鱼得水，生活得光鲜亮丽，其乐无穷。

萍 水 相 逢

人常在一起，有时聊不到半句话就嫌弃，有时侃侃而谈不过瘾。

生活中，有时觉得常在一起，没什么话可说，渐渐地疏远起来。

这种起因，应该属于性格各异，或志向不同，情趣不投，容易出现"话不投机半句多"的尴尬。

萍水之中，方知他乡客，相逢后有的如胶似漆，有的擦肩而过。为此，人与人之间相对，或早或迟只是时间的问题。早也好，迟也罢，情致相投又实实在在的，见与不见，遇与不遇都会记在各自的心里。若某一天，二人在他乡相遇，因某一事或某一物相处一起，情投意合，话语如注，有相见恨晚的感觉。

一时间，双方觉得像数十年的老友，又像是多年不见的兄弟。萍水相逢无话不说，无所不谈，像诤友，像闺蜜，像忘年交。

记得一个朋友对我说过，有的人相处一辈子却不想见一面，有的人见了一次却想交往一辈子。

人生在世，难免会在他乡遇知己。相逢他乡，其实是一种缘分。缘到缘见，缘尽缘散。生命中没有缘分，再短的距离也难相见；倘若生活中没有一点情味，再近的兄弟也如同路人。

其实，他乡萍水相逢，是一种福气。有道是他乡遇贵人，贵人显贵气，方能解心中之疑惑，畅谈心中之快，吐心中之语。

萍水相逢，是一种知遇。知遇有恩情，且行且珍惜，恩情尚在，事可逆流。

萍水相逢，是一种快乐。快乐让人吐出心中之快，无话不说。心不存疑，阳光见底，心若晦暗，事无真意。

珍惜萍水之日，拥好相逢之时，用真心相处，用友情相伴，人生会处处快乐，生活会处处笑靥。

蒲　公　英

在草原上，望着一片片洁白的花朵，走上去一看发觉草地里那白色的花朵原来是蒲公英开的花。于是，便弯腰摘上一朵，拿在手里轻轻地一吹，那花絮像花针，像牛毛，随风而飘，自由自在地在眼前飞翔，瞬间飞得无影无踪。

蒲公英花朵呈球体状，由数十个似花针的瓣儿密密麻麻地围在一起，白白的，在阳光下那朵朵蒲公英像天上的星星，布满在草原上，草丛里。有的仰望着蓝天，有的根扎在草地里，微风吹来，它晃荡着身子，微微地点头，似云儿铺在地上。那花絮也在草原上飞着，绿草相间，形成一道道白色的带子，像圣洁的哈达，纵横在广阔的草地上，孕育着草原的吉祥。

我见马儿踏在它的身上驰骋，牛儿守候着它的花絮啃草。风来了，它好像在说："你吹吧。我是一粒种子，飘到哪儿就到哪儿安家。"

它飘到边疆，像出征的战士恪尽职守的誓言，那朵朵花絮像战士的眼睛，时刻凝视着祖国的土地。一次，我回到家乡，见地边山坡上也长着蒲公英，遍地开着花儿，伸手便采撷了一枝。身边的大娘说："夏天人们采回来用它的根叶煎水喝，说是清热解毒。"

于是，我去田间里挖了些，见它在田间地头飘零着，忽然想起一首歌谣："我是一颗蒲公英的种子，飘到哪儿哪儿安家……"

　　是的，无论它落在哪里，哪里都有它洁白的笑脸，无论它在哪儿安家，它都能给当地老百姓带来一份儿福音。

　　去年的夏天，我去草原时，见蒲公英到处都是，便蹲下身子仔细地端详着蒲公英的花朵，瞅着一朵朵洁白的花絮，像母亲手做的棉被，一床床从草地里卷来，犹如天空的云絮。我想把它置在寒夜的风中，披到战士的身上，防御塞外寒气的到来……

友 情 依 旧

朋友在湖南，有好多年没见了，也好多年没什么联系。在日落星明的日子里，也不时地想起他，但不知他现在的生活怎么样，也不知他的处境变不变，对他的印象仍在多年前的记忆中。

近日，一位朋友在电话里对我说，想到湖南长沙去看看，他说长这么大还没有去过湖南，想去看看湘江的水，瞧瞧浏阳河的湾，叩拜一下伟人的故居……

我听了后在电话这头对他讲："早该去看看了，那是伟人诞生的地方。"

朋友听了后，支吾了几声，便在电话里说出了自己的想法。我得知朋友的意思后，脑子里一下子蹦出个湖南来。心里翻来覆去地想，"谁在湖南呢？谁在湖南呢？"

想着多日不见的战友，已没有他的电话了；思着儿时的玩伴，已不知他闯荡湖南这么多年过得好不好。在心无着落又想给朋友一个美满的答复时，我忆起了那年坐在长沙的街头品着小吃、呡着小酒的那个湖南朋友，那个谈笑风生、热情好客的湘潭男儿。

在友情涌出的心境释放一种相互信任、相互尊重时，我给他去了一个电话。他接到电话还是那种当年热情不减的声音，问我是不是到了长沙。

我说："没有"。

相互问候后，我说一个朋友要去，问他方便不。

他听了后，在电话里爽朗地答应了。他说："来吧，我安排好，你放心好了。"

朋友的话，让我如释情怀。多年了，那份情还在。多年了，那份意还浓。

我思考着人生中的过客，多少人人走茶凉，多少人位离情去，多少人遇事推脱，多少人琵琶遮面。我在连队见过一个抹着眼泪下山要走二十多里的转业干部，扛着行李没人管他。也在出差的途中给一个同学打过电话，他说他出差了。另一个同学说，他上午还在会场上。

人，在相请之情时，才知友情的价值。在举步维艰时，才知那个举手之劳的恩赐与情缘。在珍惜那份难得的友情时，我便从心间包藏好这份友爱的情分。

记得小时母亲说过："砸锅卖铁，也要对待人家好。"

那时，在母亲的哺育下，我知道了做人，也在漫长的人生路上懂得做人，善待朋友。那是育儿成长的教诲，也是待人接物的真谛。

愿来年他到北方，我真情为他……

前 往 坝 上

很早，很早就起床了。接到通知今早要去指定的地点集合，说是地方政府要组织去年荣立三等功的同志到坝上去疗养。这个殊荣，我当属于这次安排之列。因为去年，我被军委纪委记三等功一次。

从家里出发，不到一个小时到了指定地点，见一些同志早就到了。我拿起手机给机关的同事打了个电话，告诉他我已到了，让他放心。当电话还没拨出去时，见他正提一袋包子走来，他怕我早起没吃早饭，说是给我买的。

我接过包子心里很是感激，正想吃着，那边催着上车。

坝上，我有好多年没有去了。在夏天，那里的草原还是值得一去的，那儿夏天凉爽，天蓝草绿，白云常从眼前飘过。

带队的人在车上一边数人数，一边对大家说前往的地方需要晚上才能到，还说晚上烤全羊，举行篝火晚会什么的。长途坐车很辛苦，大家静静地坐在自己的座位上等着车发动。

这次活动，随行的人除一名司机和随团的三名地方人员外，其余的全是部队的同志，其中三名还是巾帼不让须眉的女同志。

他们都是去年在单位里做出优异成绩的代表，也是三等功荣誉获得者。

大家坐在自己的座位上，一言不发，在客车中俨然像个哨兵，那样的纹丝不动。这是我见过最优秀的旅行团队，也是唯一一次获得如此殊荣的团队，那么有组织有纪律。

坐在我旁边的是一名战士，我望着他那张幼稚的脸，突然想起新兵连队的时光。他这么年轻，就获得如此殊荣，想必他在连队是个拼命三郎。

在连队，干才是官兵应有的资本。一个人无论在什么样的环境里，多向好的方向努力，生活才有真正的意义。

我想着那时的连队，望着一车的同志，仿佛晚上那场红红的篝火映来，在心灵的夜空，响起更加嘹亮的歌声……

突然，一阵汽笛声打断了我的沉思，我抬头望着窗外，汽车正在上坝的路上，一直不停地颠簸着……

让柔弱的女儿生长一双坚强的翅膀

女儿柔弱是天性。记事起，女儿那双柔软的小手，是那么地温柔可爱，又是那么地细微体贴。

女儿一直是在姥姥家长大的。从呱呱坠地到幼儿园生活结束，因与妻子两地分居，平时很少在家，只有法定节假日，或是因事请个三五天的假，才能回去看看，这在她幼小的心灵中，难以感受到爸爸的温暖。

在幼儿园期间，我很少去接她。偶尔回来一次，见她放学时背着个育儿成长的书包走出小班的门口时，她见是爸爸在门口等她，高兴地叫了声"爸爸"，便快乐地奔跑过来，幸福地趴在我身上。嘴里像个上了年岁的老太太，不停地嘟囔着："爸爸，你可回来接我了。"

"想爸爸吗？"见女儿头枕在肩上，小手抓住我的衣服不放，我顺便问了一句。

"爸爸，我想你。"她的嘴不停地继续说着，"每天放学见别人的爸爸在门口等着，心里总想见到爸爸。"

"爸爸，你什么时候天天来接我？"望着女儿疑问的脸，一时不知怎么回答她。

女儿就是这样在巴望的眼神儿中，失望地度过她学前教育的生活。

105

长大后，在女儿幼小的心灵里，常说出一句让我听到终身难以补救的话语。她对我说："爸爸，每天见姥姥来接我，心里就失望，爸爸来多好。"

于是，在她上小学一年级时，我亲自把她从张家口接到石家庄，在单位附近的学校读小学。

那时，单位的领导得知后把我叫到办公室里对我讲："一个男人带什么孩子，孩子需要母亲带。"

那年，妻子还在张家口工作，随军工作很难安排，我与妻子仍受着分居两地的苦。

女儿小学报名后，我忐忑不安地跑到领导办公室讲，说学校离单位近，骑车到学校只需二十分钟。

"还是让你家属来吧？"领导望着我说着。

"单位有事，我让岳母过来。"我无力地回敬了一句。

女儿下午三点半放学是件最头疼的事。那时，我们刚上班不久，又要匆匆地跑出来接她。每次下午放学我都得掐着点去，接着女儿送到家里，让她一人在家写作业。然后，再去单位。

这样，与女儿相依相伴，一直到她上小学三年级为止。

记得有一次，我发了高烧，下午上班在办公室里难受得支撑不住就请假回到家里，躺在客厅的沙发上。

那天，女儿是被同事接孩子时一起捎回来的。女儿进门见我一动不动地躺在沙发上。

"爸爸，你怎么了？"她跑过来像大人似的摸着我的脑门儿。

"呀，爸爸你发烧了。"她急忙跑到卧室双手抱住被子到客厅将我盖住。

她小，被子抱不起来，一半拖在地上。我见她吃力地拉着被子，静静地躺在那里闭着眼睛一动不动。心想，看女儿到底要做什么。

她把被子拉过来放在我身上，怕被子漏风没盖好，一边用手捂紧身边的被角，一边跑到卫生间里。

当时，我不知她跑到卫生间里干什么去，只听见哗啦啦的流水声。不多时她从卫生间拿着毛巾出来，将冰凉的毛巾放在我的额头上说："爸爸，你头好烫，我给你降降温。"

我任凭女儿摆弄。心想，她那么小，怎么懂得这些。

那天以后，发现女儿长大了些，也那么懂事。

记得她上小学四年级时，那时她才刚过九岁生日，正值上海世博会开幕。

一次放学回来，她拉着我的手说："爸爸，我想去上海看世博会。"

"好啊。"我无心地念了一句。

"我自己去。"她一脸认真地说。

我望着她吃惊地问着："一个人？"

"一个人，你们谁也不要跟着。"这事她一连跟我说了好几天，我见她那种坚定的态度，居然答应了她。

妻子听了一旁着急地嚷着："这怎么能行，上海那么大，人又多，况且我们都没去过。"

"我不同意。"妻子愤愤地说。

往后的几天，女儿反复地纠缠我，让我答应她的愿望。

一天，我做通妻子的工作后，把女儿叫过来认真地对她说："你自己去要想好了，一个人有多么的艰难，或是多么的可怕和担心。"

她说："我知道，你们怕我丢了。"

"丢了，你和妈妈再生一个。"她顽皮地说。

她妈妈听了反问一句："你说生就生，你是妈妈身上的肉，爸爸舍得，妈妈舍不得。"

做通家属的工作后，我购买了女儿去上海的机票。那天，送她到机场后，望她离开安检那一瞬，妻子双手捧着脸泪流不止，我望着她眼泪在眶里打转。心想女儿能回来，是我们的福分。不能回来，我多会思念。

那几天，每到晚上女儿在电话里跟我们讲她一天参观的情况和遇上的问题。

她说："第一天没看上中国馆，六点起床坐地铁，到那儿就看到好多人已排上了队。她排了两个多小时，轮到她了，前面只剩一人，中国馆闭馆不放人了。"女儿说，"只好看几个人少的亚洲馆和非洲馆。"

为看到中国馆，第二天，她四点起床坐地铁去排队，见别人花五块钱买个小马扎，她也买了一个。她说，大家都坐在小马扎上等开馆。

我佩服女儿那么小就有这样的心思和毅力，我也开玩笑地对她说："你是军人的女儿，更要学会坚强。"

那次，女儿回来后，独立性一下子改变了许多。她常独自一人从石家庄往返张家口回姥姥家，有时还帮着做点儿饭菜，干点儿家务活什么的。

学习中遇上难事，或同学间有解不开的疙瘩，我常是那么一句，自己的事自己想办法去解决。

高三那年，我正在京办理案件。她恳切地问我："爸爸，高考能回来帮我填志愿不？"我不假思索地说，"忙，可能回不去。"

她听后没有对我哭着闹着，说了一句"好吧"。大学录取后，临走那天，我也没去送她。

生活中，路得自己走，走过经历，才有成长；遇上风雨，才知天有多凉。

瞅着眼看快要大学毕业的女儿，愿她磨出一双坚强的翅膀，卸掉柔弱的双肩，担起生活的希望……

人生的账簿

　　人最难还的债，是情。人在生下来时，亏欠的就是母亲十月怀胎之苦。

　　人，在咿咿呀呀地学舌之后，开始设下亲情之簿，赊记了亲情之债。把生活的梦想，一笔一画地涂在上面；把人生的理想，一撇一捺地填满空间。于是，生活顺势而长，顺心顺意，甜蜜幸福。若遇上逆境，困苦难言，苦难不堪，那是经历之债，也是勤奋之债。经历了风雨，自然心有晴天；历经了风霜，自然抗得过挨冻。

　　勤，是劳的伴侣。有了劳，勤会月朗风清，光彩照人。

　　有人道，月有阴晴圆缺，人有悲欢离合。驱离心中的苦处，方有晴圆之分。

　　长大后，方知愧疚得越多，情债越是难还。母爱的，亲情的，情爱的，柔难断水，爱难剥离。

　　于是，设置的账本，在人生漫长的路上，欠下的越多，密密麻麻，斜斜歪歪，记录着人生，叙述着酸楚，充满着艰辛，一时难还的心债，堆积如山，汇滴成河。遇上情中困惑，有时，拿工作搪塞；有时，用进步偿还。

倘若，等到该偿还的时候，发觉时间已经老去，岁数已经苍白，但日月依然阴晴，飘着风雨。忽然间，白发苍苍，眼纹如麻，心已无还债之力。便厚望儿女，父债子还，结果代代相欠，代许诺言。

　　于是，人生的梦像大海的波涛，看似壮阔，其实经历了的凶险，那波像海里的风，风大浪高，若想波及久远，蔚为壮观，等待后的也只是下一个波次的归还。

　　对此，有人说，下辈子我们还做朋友；对此，有人说，下辈子我们还成为夫妻……

伞 为 谁 开

每次外出有雨或无雨的时候，妻子见鼓鼓的提包，总是关心地询问那句话："伞带上没有？"

伞是一个避雨的工具，现代的女孩也在夏天用它遮挡强烈的阳光，保护身体的皮肤。避雨也好，防晒也罢。伞是个柔情的种子，为谁撑开，或谁来撑着，种子就能落到举伞人的心里。它像一道坎，越过了，往后的路趋于平坦。迈不过去，情会擦肩而过，融不进有情人的心里。

举伞是一个暖心的细活。一个人若让你与她在雨中相伴而行，举起手中的伞，漫步在泥泞的街头或小路上，那伞容易撑进多情人的心里，让情生根，让爱绵长。

其实，生活中的伞，有的人为你撑着一生，相伴风雨；有的人为你撑着一段，在相恋或倾慕的时候愿为伞开，若遇上环境的变迁，只好放下手中的伞把，另谋生活；也有人为你撑着一场雨就此别过，带着信任、心怀友谊，把伞留给为你挡风避雨的那人。

生活中，心中的那把伞，撑与不撑是不一样的。撑是打开心结，徜徉幸福；是情有所依，能风雨同舟。不撑是心渴久等，伞已落尘；不撑是情未初开，心期远方。

远方的路有多长，是期待还是徘徊，容易忆思故乡榕树的影子，也易感怀岁月烂漫的花季，在那个漫长的等待中，花落无情，人颜消瘦，伞已落灰成泥，再开情致不一，往事缠绕心里。

　　在雨中、在阳光下，我常见那些举伞的小伙子，一手牵着身旁那个漂亮的姑娘，有说有笑地拥挤在一把伞下，是那样地情意绵绵，那么地开怀耳语；也见一对垂暮的老人，举伞而过，牵手相扶。心想，那伞在雨天的情丝中，伞为谁撑着，或谁在握住伞把，只有伞下的人惬意。

　　伞，在雨天时，一定要有人来撑。它不是你手上的那把，而是心里的那个……

上　坝

　　汽车沿张家口向坝上爬着，望着远处墨绿的山峦，翻过去应该是坝上了。心想，一会儿就可以看到无垠的草原了。

　　提起坝上，主要是张家口地区的张北、尚义、康保、沽源四县地带。平时，大家常说的去坝上草原，讲的应该是这里。不然，越过四县地界，那边就是内蒙古大草原了。

　　坝上，平均海拔两千多米。据当地人讲，开发最好的地段属张北草原和沽源的闪电湖畔，有人也称它为天鹅湖。

　　那里的草很好，像地毯似的，看起来比较空旷，躺在上面，心情也豁然开朗。为此，夏天一些游人常去那里。

　　从张家口开车上坝约莫半个小时。那里的公路沿山而绕，公路两边群山耸立。夏天的植被覆盖山上，远望去，山间翠绿，山峰叠嶂。近瞅着，山岩裸露，植被稀少。

　　那河，也叫沟。沟里无水，显得山无灵气。

　　一路上，除了这样的山还是这样的山，偶尔见沿途房屋，低矮矮的，那是乡村人家，常年生活在这里。

　　开车去沽源，从张家口有两条路可走，一条沿张北而去，一条从崇

113

礼而走。路程不同，风景大同小异。一到夏天，有些人选择去张北草原，但到沽源那边相对少一些。据说，近些年北京周围的人，也常开车去那里住上一两个晚上。

坐在车里，望着坝上一望无际的草原。那情，像牧羊的少女，在奔跑的羊群中，策马而去。一时间想着这些，才知上坝的味道，不止眼前的一种……

水 的 速 度

水的速度，应是由秒针来计算，时常是每秒多少米。这样，说明水流的速度快。

水流时，多以暴雨天气，或库存的水泄洪瞬间，或高山悬崖上的瀑布，那水势不可挡，急流凶猛，奔腾咆哮，水的速度飞流直下，或洪水滔滔不绝，直逼大海。

那水流得壮观，流得豪迈，流得气概。那水肆无忌惮，横行霸道，患得患失。

水速因地势不同，水流的速度也不会一样。从高山流下的水，可观可赏让人舒心。从暴雨中冲下的洪水，毁田毁地，让人揪心。这是水速在不同的环境带来不同程度的结果。我见过一碗水，静静地放在那里，那水平静得毫无速度，像池塘，像湖面。

于是，忽然发觉，水速在落差的地段，或能流动的地方是有水速的。其静面或平面是没有的。

水有速度，取决于自然条件。那么，人走的速度呢？它取决于内心的喜好，道平、心悦，能快走几步；坡陡、难爬，心就懒得动。

生活如水流一样，控制节源，有时放慢脚步，生活才达观显贵，幸福快乐着……

太阳的光芒

在儿时，我常对书中描写太阳的光芒为五光十色所疑惑，也对那五彩缤纷的阳光而感怀。

那时一直在想，太阳是白色的光啊，哪有五颜六色的呢？

为此，在一个晴朗的中午，我从家里跑到门口，站在太阳地里望着天上的太阳。因太阳光线强烈，我一手放在额头上遮住天上射来的阳光，一边眯着眼看，也没看到太阳多彩的颜色。

哪来色彩斑斓的颜色呢？那时，我心里认为太阳的光彩一直是白色的。

终有一天，站在波光粼粼的湖边，望着天空无云的太阳，发觉那光在太阳的周围色彩格外地耀眼，一圈一圈的，紫色的，红色的，浅蓝的，淡绿的……瞅得人心花怒放，眼花缭乱。

于是，我举起手机，对着太阳拍摄着。那光在手机里辉映的似一个圆圆的"月亮"，那轮始终紧挨在太阳边的光影，一条条奇彩的射线，在阳光的周围，婀娜多姿，鲜亮迷人。

忽然，心里不由得一惊。一个人对一个事物的认识是多么无知。不是亲眼所见、亲身体会，很难改变儿时产生的狭隘思想。

有些事，非得亲身体验后，碰得头破血流，才能清醒。有些事，非得经历过半生，才发觉原先的对错。

生活像五彩的阳光，白色的只是一个角度。但你借助自然的另一个物体，你会发觉原来的认识，又多了一个层次，也多了些美丽，多了些理性，多了一些颠覆性的认同。

也就在那个时候，我不再浮躁地、偏执己见地认同一个事物的由来和发展，也不再浑浑噩噩地揪心原有的观念。没有对错的时候，分不清曲直的时刻，翻开另一本书或去走未开辟的路，才发觉午后的阳光，灿烂如花，绚丽多彩。

天热了，是走还是跑

刚跑完三公里进家，朋友明来了电话，问我在干吗。

我说："去院里跑步了。"

他说这么热的天，还是不跑的好。

放下手机，我在客厅里坐下，享受着酣畅淋漓的身轻心爽。

昨晚天气预报说，今天出现高温天气，是历史之最。天热是自然环境的一种变化，人承受得了或承受不了，取决于人的心情。古言道，心静自然凉。天热跑步，可以历练人的毅力和意志，也可以磨炼一个人的心志，做事不能虎头蛇尾。

心里不想跑，再平坦的路跑不了半步远；心里不情愿，再暖和的天身子也懒得动。

跑步，不是因为天热而放弃，而是心里怕热的惰性影响意志的坚持。心不定，意不坚，遇事会怕，容易缩手缩脚，像天热跑步，害怕中暑。

有时在院里跑步，在强烈的太阳底下，跑了一圈后，心想天热不跑了。后来，又在心里自言自语地念着，跑吧。有时在快要放弃时，我选择了再跑一圈。心有坚持，路便愈近。跑完三公里后，我发觉天热只是心理作用，只要咬咬牙，再难受的事一时也能挺得过去。

至于天气，不会影响有意志人的决定。适者生存，觉得自己不能跑就走，能跑几步坚决不要走。这是生存的法则，也是处世之道。

生活中，是跑还是走，是运动的一种方式。选择其一，生活会有规律，身体也有变化，遇上炎热难忍的天气，心自然会有块儿凉地，也不会那么叫苦连天，怕热得不想出门。

所以，天热了，是走还是跑，看平时是什么样的运动。习惯了，自然能接受，如天热跑步。

天 台 山

　　天台山地处河南新县，山的一半归属湖北红安。那山离老家很近，有六七十里路。几十年了，我一直没去爬过。

　　每次回到家乡，说是要去看看。不是回家的时间仓促，就是亲情友情的盛情款待，让我难以脱身前往。

　　终于，在一个春天的日子，我回老家时特意去了一趟。

　　天台山不高，沿石阶而上，需要半个多小时。石阶有平有缓，山岩陡峭，石如刀劈，笔直耸立，直冲山顶。一路上，我兴致勃勃地往上攀爬着，虽是春天，浑身的汗溶溶而出，费了半天的力气登上山顶，却发觉山顶是平坦的。于是，我站在石岩边，极目远眺，山的那边道路逶迤，宛如丝带。那户小桥流水人家，在山的下面，一种迤逦的田园风光，让我产生了无限遐想。人生活在这里，有山登，有花赏，饿了，去菜园揪把绿油油的青菜；渴了，烧壶清净的山泉水，泡着绿茶，喝着毛尖，幸福得像花儿一样，宛如身临人间仙境。

　　下来的路上，我见那些开花的映山红，白色的野山杏，粉红的山桃花，点缀在路的两旁，让人陶醉在春天的气息里。一路上，聆听着鸟语的欢闹，一种悠闲的心情，一下子在这个旷野的山中，是那样爽朗，那样悠闲，那样地情致高雅。

好多年没爬老家的山了，那山像放下肩上的担子，也像放下打小心中的酸累。那天，一路轻步下来，徜徉在山道的阳光里，安静在清秀的山峦中，如细读心中的甜蜜……

听　雨

一

妩喜欢在雨天里，站在大街上伸开双手，抬头望着天空细织斜落的雨，听着下雨的声音，寻求心中的快乐。

她说："雨像人的眼睛，在寂寞时能传递心灵的感情。"

她说这话时一脸认真。见我在一旁仍不苟言笑，便双手伸向雨地里，接着天上掉下的雨滴，立即递到面前，讲着雨的晶莹，说着雨的清新。

她常在有雨的天气里问我，是否有空一起站在雨地里侧耳聆听雨的声音，说那雨掉的地方不同响声也不一样，有的嘀咚嘀咚地下着，有的哗哗啦啦地歌唱，有的淅淅沥沥地哼着小曲，有的在空中翩翩起舞地挥洒着浪漫。

她说，那是雨的心情。心情好时，情意缠绵，细雨纷飞；心在惆怅时，那雨倾盆而下，一泻千里。

记得与妩谈雨是在一个闲暇的时分，我见她对雨的倾心专注，在她心里像一本厚厚的书，翻也翻不完。她喜欢雨，那个多变的天气给她带来快

122

乐，她说雨的伤心，是向大地流着眼泪，倾诉着心中的不平而又无奈的事情，一滴雨是一个故事，一场暴雨就是一种倾泻的情怀。

妩在下雨的天里，常为自己寻找一份宁静，一份安逸，一份责任。让雨淋透衣裳，滋润心灵，让雨淹没浮躁，沉淀自己。她在细品着雨时，内心已接受了雨的朗读，雨的飘泼与倾盆，她想看雨是下得清晰还是朦胧，是浮动还是坠落。

妩有一段美好的爱情，但是一次听雨让她择情别离。

那天雨下得很大，风不停地刮着。妩左手扣着男友的手从咖啡厅里一起跑到街上来欣赏雨时，男友一手撑着伞，一手拉着她，不解地望着眼前这个女孩的脸。突然，身旁的树上掉下了一根茶杯粗的枯枝，正砸在男友的跟前，那男友吓得哆嗦了一下，手中的伞落在地上，被风吹在雨地里翻滚着十几米远，那伞在雨地里乱撞着，最后滚到沟里。她见自己的男友在雨天里连伞都把握不住，心里暗暗担心起来，心想将来的路那么长还能指望什么，一有坎坷，哪能风雨同舟。妩松开男友的手，自己追了过去，伸手抓住被风吹掉的伞，握在手里沿街而去。

妩说，爱情如天上下着的小雨，能看清一个人是否听懂雨声，是否属于同一路人。雨落而不落，要有听雨的心思，雨淋的默契。雨都听不懂，哪能读懂女孩的心？

品着妩的话时，在有雨的天里，我也立在了雨中……

二

每当下雨天时，我习惯坐在家里静静地听着窗外的雨声。

那雨飘进无忧虑的心里，能听到雨的流畅，雨的歌声。

于是，每遇雨天，我爱躲在家里听雨。

坐在家里听雨，是一种难得的悠闲与享受，也是一个人的心境，他静于止水，能听到雨滴的欢乐。

雨在窗外的屋檐上，细细地垂落下来落在地上溅起了一层层水雾。那雾四起，在地上像盛开的荷花，绽放在屋前。

我见雨在屋檐前不断地滴着，那嘀咚嘀咚的声音，像二泉映月，在心里起伏跌宕，悠扬婉转，深情地缠绵。

我望着眼前的雨，不时地从屋檐飘了进来，飘洒在脸上，时常起身站在窗前，静静地立在那里，瞅着窗外的雨滴，听着窗外飘落的雨声。

有时，我从家搬出椅子，索性坐在门前，呆呆地看着屋檐下那一条条细线般滴落的雨水，聆听雨的飘逸，雨的洒落，雨的漂泊。

那个心境，那个心情，回想起来多年不曾奢望。只在老家的屋檐下，才心存雨水的记忆。那时，心随雨水滴淌，流进记忆的河里，不知人生飘落何处，不知前方路途坎坷，不知漂泊的路有多长多远。

路走远了，只想静下心来坐在雨天里，细听着雨的声音，雨的倾诉，可在远离家乡的路上，找不到那种感觉，那个环境，那份情怀。我从城市的东边跑到西边，找不到一丁点儿雨的清新，雨的细洒，发觉这里的雨下得有些烦躁，也有些不安。

在楼前，见人都在不停地从时间中匆匆而过，哪有心思寄情于雨天，欣赏雨的倾落，雨的酣畅、别离，那个伞下的呢喃。

我站在楼前，仰望着云厚雨流的天空，找不到那时的那份儿宁静，那时听雨的心情。

或者，这里的雨又是一片天地，落得急了些；或许，旱久的天气，下的雨是人工降的,雨水是酸的,没有那份酣畅,那份闲心,那份甜美……

同 事 老 史

同事老史，岁数不大，在军委某机关工作，他那智慧的脑袋下面，生长了一双爱锻炼的腿脚。

他常在工作之余或出差闲下来的时间里，走出房间到周围的大院里、马路边、公园里跑跑步。

认识老史是去年的夏天，因工作需要人手，便把他从单位抽调过来。

见到他，他那黝黑的皮肤上闪着健康的光泽。他是个常走路或爱锻炼之人。

果不其然，没两天他到我房间来，问我有没有事。我望着他想外出的样子，对他说："没事。"

"那我去楼下跑步去了。"没等我允诺，他转身离开了房间。

弄完手中的活，没觉得多大工夫，见他从房门走了进来，一屁股坐在沙发上，他胸前的衣衫汗得透湿，背部也汗气腾腾。

"跑了？"

"跑了。五公里。"

我见他愉快的眼神，抬头又问了一句："五公里？"

"对呀，五公里还多，在院里跑了三大圈。"他肯定地说。

没想到机关的同志，还那么能跑。

我常想，跑步不光是一种爱好，其实是身体能量的一种需求。能量充足，精神百倍。能量不足，身体像霜打的茄子，容易发蔫儿。

与老史跑步是一天下午的四五点钟，他来房间约我到楼下去跑跑。由于多年没跑步，心里没有底气，也有点儿不想去的意思。但在他再三的劝说下，我跟他下了楼。

在楼前的大院里，我试图跟他跑了两步，结果上气不接下气，腰酸气短，腿软脚沉，就与他招了招手，放弃眼前的运动，自个儿停了下来，沿院里走着。

那天，我一圈没走完，他三圈已跑完了。他拿着手机对我说："五点二公里。"

他见我不爱运动的样子，对我讲："你得经常出来走走。不跑，快走也行。"

于是，在他的影响下，我试着在操场外的马路上跑了一圈。那一圈是一公里左右。那胸闷，喉头痒，嗓子干的劲儿，让我难以忍受。但我只坚持了一圈，可到第二天，腿酸痛得连半圈也没跑下来。

往后，与他一起出差到不同的城市，他总是起早跑步，有时叫上我。我也跟在他的后面，跑上几步，随后快步走着。慢慢地，我觉得心气比以前好了许多，体力有所增长。

记得两个月后，我在楼前的大院里跑了两公里。那汗流得痛快，也流得心爽。把手伸进胸前的衣衫里，望着一把湿漉漉的汗水，露着舒心的笑意。

老史离开岗位后，我一直坚持跑步。也想电话里对他说"我能跑两公里了"。但想想他那五公里的标准，没好意思打通电话。昨天我跑步时，一圈过后身上竟没有出汗，身体也没感觉多累，跑着跑着，一下子跑了三点五公里。

　　我想将这个情况发在微信里，好让他过来撸撸串、拍个黄瓜什么的。心想，那串吃了，我怕跑不动，好不容易的坚持，又毁于一顿酒肉之间。不如写篇小文，作个纪念。

　　其实，生活中跑与不跑是自己的事，与他人一道，属于同乐。心有乐趣，友谊入心。是年，是想老史了。他那聪颖的脑袋下，一片黑黝黝的皮肤……

童 年 趣 事

一

　　童年的生活，有时像心里的潮水，不经意地从心底间翻了起来，像一本旧书记叙着生活的点滴，也印记着快乐的时光。

　　那时，在乡村的门口，或稻谷场上，最有趣的就是与一些不大点儿的孩子围在一起，玩着丢手绢的游戏。那咧嘴的笑声，那揪住后的开心，那溜圈的狡黠，荡漾在童年的心里，也孕育着成长的乐趣。

　　那时的贪玩儿，一般都是在放学的晚上，回到家里，或是根本不进家门，径直地招呼着小伙伴们，在门口围了起来，有时玩到天黑，父母叫时才悻悻不乐而散。有时因玩儿得不知回家，常换来的是父母的训斥，父母拿出自身的威望不让吃饭来吓唬我们，但长辈的教训，没能磨灭儿时的天性。没几天，我们依旧疯般地玩耍，不顾作业，不顾大人们的辛苦。

　　大些后，丢手绢的记忆渐渐从心里远去，也渐渐地消逝在岁月里。它像陈年的旧事压在心底，也压进厚厚的工作里。

今见此趣，是在一座山的顶上。一群二十多岁的姑娘，围坐在那里，玩着丢手绢的游戏。她们敞开心扉的叫喊，那鼓劲的加油声，相互间的嬉笑声，飘在丢下的手绢背后，像洋溢着青春的脚步，生活的旋律，快乐的笑脸。那笑声在山顶上，飘逸在春风里，落在鲜花上，散发出浓浓的童年气息。

那个童年的兴趣，人走到哪里都能带到哪里。把它带进和暖的春风中，让它钻进密密的树林里，映在五色斑斓的阳光上，照射在你我深情的心里，流露一份童真，抒怀一份洒脱，挥洒一份真情。

二

在老家，走在河沟旁，望着河沟里那不大点儿的水凼里，那小鱼密密麻麻，成群结队，自由自在地游着，心中不由得暗自发问："鱼儿怎么这么多呢？鱼儿怎么这么多呢？"

瞅完这个水凼，沿河沟的石头边上去，上面水凼的鱼儿，仍依依不舍地惜惜相怜，在水中摆尾嬉戏，无忧无虑地在水中游着。

于是，我不禁问同行的大哥，他说："这几年环境好了，河里鱼没人捕了，沟里到处都是。"

这沟里的鱼儿叫小白条，最大的能长四五寸长。

过去，大人们常用网撒在河沟里捞着。有的还从家里拿来做饭用的簸箕，去河沟捞些小鱼儿，不一会儿工夫能逮到一盘菜来。

记得小时候，我们大多数从家门口的池塘里逮些这样的小鱼。一般在篓子上系根绳子，再在篓子底里撒上一点儿饭米，用树叶盖好，在地上拾两三块石头压在树叶上，把篓子沿池塘边放进水里。篓子伸进水里一两尺深后，等一个小时左右，再迅速地扯上来，小鱼儿在篓子底，多时能逮住大半碗，拿回家里可以做一盘丰盛的菜肴。

一次，与弟弟一起用篓子在池塘边逮小鱼儿时，弟弟弄的那个篓子有些破旧，他放了几块大石头，篓子下沉到池塘边的水里后，他不知道石头重，将旧篓子底压塌了，放进水里篓子中诱食的米饭也溜得精光，等中午取水中的篓子时，我下的那个篓子逮住了半斤多，而弟弟的篓子里却是空的。

弟弟见扯起来的篓子是空的，脸色一下子变了，眼泪在眶里打转。大家见后，咧嘴望着他直笑。

妈妈望着两手空空的弟弟说："逮鱼要用心，石头放重了，篓底压破了，怎么逮到鱼？"

逮鱼是个细活儿，不动脑子定会一日无功。往后在做事中，我常想起妈妈的话，做事心要细，用心地做才有想要的结果，如小时在池塘里逮些小鱼儿的做法。

大了些，我们的个子也慢慢地长高了，做起事来也不再照葫芦画瓢，也不再依着别人的方法，凡事都亲手试试，才觉生活是那么的幸福和快乐。

偷　闲

我常想起不远处那个长满荷叶的小池，离工作的地方有两三里地。

有段时间，我常坐车在三环上路过那里，多数是张望着一张老皱的残荷，投着一份深情的目光。心想，许个时间，静静地坐在那里，享受一下城市的宁静。

那池不大，绕池而走，虽不到一刻钟的工夫，也有满脸的舒心，满胸的深情。那池边人少，静可安神。坐在那里，望着盛开的叶荷，你不用多想，心随飘动的荷叶，像池里的水，静得只有心在咚咚地跳，静得忘了自己还有那堆繁杂的事情。

一天晚上，我放下了手机，跑到那里，在那池边静坐了两个小时。凉风吹进了身子，也吹醒偷闲的快乐；虫吟钻进了耳朵，也鸣叫心中的愉悦。我坐上池边，享受生活的恬静，也领略一池静水的灵光，那池好静啊，静到心里有家不想回。

可那晚一进家里，妻子迎面就问："怎么不带手机啊？"她急忙又说，"领导找你，快回电话。"

我拿起手机，思忖着偷闲的味道，那心思像飘来的酒香，让人醉在那里……

五一，你在干嘛

五一放假，姨说要来，原打算外出到周边找个农家屋住上放下心里的担子、静静地休闲两天的愿望落空了。

刚放下姨的电话，同学海的电话来了。

"五一放假了吗，准备干吗？"海在电话里问。

"放了，没事。在家待着。"我拿着手机应答着。

"那我叫几个同学去看你。"

"好啊。"

妻子在一旁见我爽快地邀请了同学，皱着眉毛冲我说："姨五一要过来，哪能抽开身啦。"

海，我好几年没见他了，我也挺想见他们的。

我望着有点愠火的妻子，张口就唱："朋友来了有好酒。"

"分开，你带姨转转。我和同学聚聚。"我见无奈的妻子，又冲她补上一句，"要么一起转吧。"

"这哪儿跟哪儿。"妻子瞥了我一眼。

正准备去洗漱，朋友宁又来电话了，接通宁的电话，宁在电话那头高声大嗓地叫着："五一干嘛，明天坐飞机去大连吃海鲜吧，那海货嫩嫩的，鲜啊。"宁说那边已安排好了，他说那话时，我心里已泛起了口水。

我对宁说："不想出去了，到周边去看看，吃个农家饭。"

宁听了，兴奋地说："好啊，去云山烧烤吧。我们把票退掉。"

我说："算了，好不容易放假，想在家里躺上两天，哪儿不想去。"

宁在电话里劝了半天，但我仍坚持以在家休息为由拒绝了他。

云山烧烤多年想去，多次对宁说，哪天放假休息一定去郊外吃次烧烤。

宁记住这话了，几次放假约我都失了约。

我挂断宁的电话，想着郊外的烧烤，心里痒痒的。

忽然，我想起前两天父亲从老家来的电话，说五一要忙就不要回来了。

父亲九十多了，脑子还是那么清晰。

放下宁的电话，回头望着妻子，正要说话，门外有了敲门声，开门一看，见是邻居。他脚还没进屋，张嘴就问："王哥，五一干嘛，去爬山吧。"

我想张嘴说些什么还没等开口，妻子在一旁无奈地说："不去了。"

邻居听后把脚缩了回去，没有进门……

五月槐花香

　　昨日去西山漫步，见沿途槐花宛如玉坠，蜂飞蝶舞，鸟欢虫吟，一阵微风过后，槐花频频摇曳，叶动枝摆，咧嘴欢笑。

　　忽然，我闻到槐花的蜜香。走近一看，那蜂满枝窜吻，飞到这枝去那枝，不知采蜜哪朵，像是露出一种不安分的心，在槐花上飞舞着。

　　这日子过得好快啊，转眼又是五月了。诗人李频写道："杏花开与槐花落，愁去愁来过几年。"古人在赏花悦目时，感叹时光的不再，花落如流水，日月如穿梭。

　　今见槐花，我倒没有那么感慨。见槐花在林中山路的两旁，娇媚吐蕊，琼花玉叶，有的半露羞涩，有的从容敞扉，有的芳心犹抱，像月牙，像珍珠，像米粒，白白的，一串串，在眼前晃动着、欲滴着，像情人的手，揽你入怀；像害羞的姑娘，迎面撞见难以离去的那双动情的眸子。

　　我漫步在槐花树下，品读着七仙女下凡人间那个动人的爱情故事。那个爱说话的土地公公，是藏在槐花梢儿上吗？

　　于是，我走近低矮的那一枝，伸手捧着花蕾，那花好香啊。清清的，淡淡的，钻进人的鼻孔中，沁入肺里，我闻到了槐花香气扑鼻的味道，也尝到了槐花倾吐花蕊的蜜甜。

134

五月的槐花，是香气宜人的。站在槐树底下，仰望那一枝枝淡黄淡黄的槐花，仿佛听到了唐代诗人赵嘏在挥笔吟诗："来时健笔佐嫖姚，去折槐花度野桥。"

五月的槐花，在乡野，在沟坡，在屋头，尽情地开着，仿佛像家乡那棵老槐树，给农人带来欢乐，给子孙带来笑语。

五月的槐花，徜徉在五彩缤纷的世界，它那淡黄淡黄的花蕊，是在为树钟情，为山添意；是在为蝶起舞，为蜂芬芳。它在倾泻自身的甘甜，为人间酿造一份如诗意般的生活……

夕阳离去时，我想牵住你的手

总想在夕阳徐徐地落下时，去趟久仰的颐和园，牵着一只玉纤的小手，坐在静谧的昆明湖边，细品着日头的落下……

心里泛起这种奢望的心思，是在一个茶座的酒楼，那楼虽显得陈旧些，但房间的韵味依然犹存，属于人们常在嘴上念叨的那种小资情调。

灯光从暗淡的房顶上照射下来，辉映在油亮的桌子上，零星斑斑地落在对坐椅子上那个朋友的身上。

她突然地冒了一句："天晴的傍晚去颐和园看玉泉山上的落日吧。"

"那日，落得好静，只听到昆明湖的水，静谧到心坎上荡漾的声音。"她望着我疑惑的神情，又冲我补了一句。

听完她从口中吐露的轻柔言语，我不知所措地瞅着她那期待的眼睛，见她满脸露出向往的心思。

"抽个机会去看看。"

她见我应允着，激动地说："我带我妈去过，牵着她在湖边走走，看日头往下落，感觉白天人声鼎沸的湖边，一下子寂静下来。"

"突然感觉烦躁的京城有这片宁静，心里好奢侈。"她望着我继续说她对落日后的心境和感慨。

傍晚看落日，我印象中是在海边的一个沙滩上。那天，见太阳从傍晚时分开始失去刺眼的光芒，在海的尽头那暮色撩人的天际边，慢慢地下沉。天边的云像姑娘涨红的脸，铺天而来，又卷云而去。最后，留下黑沉的夜色和海水向沙滩回荡的波涛声。

我站在海边除一股股海腥味扑鼻而来，就记得眼前剩下的是静静的海了。

于是，我想从繁杂的事务中找点儿时间，不忙时抽空去趟从未见过的颐和园。

那是一个周末的午后三四点钟，我踏进了那个清代时期的皇家园林。

在西堤，走在两边漾波的湖水镶嵌的小路上，瞅着那柳枝的飘动，桃花的纷落，杏叶的招展。那时，我想挽着你的手，漫步在傍晚的时分，去湖边欣赏夕阳的留恋。

见阳光已柔和地往山那边坠落，我走到对岸的湖边，寻思你的到来。

我望着远处的西山，前面那座显眼的宝塔，像插进夕阳周围的云层里。夕阳红红的，旁边的云也红红的。在宝塔的尖顶上，一点点沉了下去。那红，在湖的水面上波光粼粼，微细的风浪把天边的夕阳，褶皱得像一件玫瑰色的裙子，从远处的岸边挥动得像个姑娘。那红，烧到十七孔桥的左边，与桥墩石柱上的石狮形成鲜明的写照，一边像爱情的浪漫，一边是固有的威严。

夜静了，静得把一天的烦躁恼去；夜静了，静得把一天的游客收藏。

我见还有个别游客匆匆从身旁急走。那时，我想趁傍晚的暮色，牵着你的手，在桥上阅读历史的画卷，凝视着昭君出塞；那时，我想借落日的时分，在岛上揽着日月的余晖，为你改做一件出嫁的衣裳。

为那份城市的寂静，点一路街灯；为世事的凡尘，拂去一撮尘埃。

相爱，我学会一秒的概念

世间的承诺，有多少能在往后的时间里兑现，不被遗忘，有的是诺言在心里像个过客，匆匆而去，落了一句空话。

于是，在相守的日子，我学会了分秒必争，分秒间的虔诚。学会把爱放在时间里，享受一秒间的幸福，把思念化作关心的话语，在想念彼此的时刻，送上一句温馨的问候。让温暖遍布全身，让玫瑰拨开杂念。

在那一秒里，我的心愉悦得像雪地里盛开的雪莲，也像碧波的荷叶中那朵并蒂的花荷。雪地寒风刺骨的时光，我们曾经相遇；夏蝉满塘知了的时分，我们曾经漫步。

那一刻，心藏一抹馨香，不掺一丝杂念；那一刻，相慕倾泻心田，激励青春豪迈。于是，相见恨晚，虽不能一生一世，彼此相印一方；虽不能长厮相守，彼此灵犀一点儿。

因为有你，心眉眼开，情丝款款而来；因为有你，生活不再孤寂，阳光总在窗前斑斓。于是，我常被年轮所触动，人老了一年，相爱却相守了一岁。

那岁是多少个日月，多少个风雨。烦恼时，抹着心中欲滴的眼泪；

凝愁时，相望无奈时的叹息。

不知什么时候，我学会用秒针相守爱情，也用秒针珍重幸福。

那个对视，那个擦肩，那个凌空而望，那个心间思想，都属于瞬间之缘，秒间的情恋……

相处在和谐中

人与人相处总有那么疙疙瘩瘩，碰碰撞撞，有人话不投机，心埋怨气。

相处是自愿的，好就在一起多待一会儿，不好就擦肩而过，视而不见或简单地问候一下，打个照面，露个笑脸。这是人与人之间相处最佳的方式，也是做人抹不开面子时的一种方式。

其实，相处是选择性的。择偶而交或择友而往，是一个道理。物境不同，适者生存。

聪明的人，注重周围环境，笼络人心。智慧的人，注重自身修养，用行为感染人。哲理的人，释放思想，要求家庭和睦，自然和谐。

我见一个鸟窝，有孵儿的鸟蛋。狂风没刮掉鸟的繁衍，大雨没淋烂鸟窝的温暖，一个老者见了将树叶遮了遮。自古道，出头不打开春鸟，鸟失母爱声叫哀。

人与人相处，学做那个老者。相处靠尊重，相依靠情感。善良的人，总是怜悯感情，思着走过的风雨不易。崇尚的人，总是注重德行，用心正人清感化心灵。

相处需要忍受，和谐需要付出。忍受不了别人，会太过于自我，也会斤斤计较。付出不够，难以和谐，体现了自身能力有所差异。

人处和谐，心灵健康。在和谐的相处中，能开怀大笑，舒心身爽。在相处的和谐中，付出才会换来尊重，也会迎来赞许的目光……

相识在街的那头

在街的那头，一次偶然的相遇，你那明净的眸子，在相识的人中是那么清澈，那么地情丝如织。

不几天，我在微信中问你："忙什么呢？

你回复着："刚下班，正洗衣服呢。"

在简单的闲聊中，发觉你是一个开朗的女孩，来自草原的姑娘。草原孕育了你的率性，也培育了你的豪气和霸道，你大大方方地让人即刻易于亲近，也让人觉得你在涉远的途中遇过风雨，也见过彩虹。你在海的那边用浪作线，用海风谱曲，谱写着自己青春的岁月，消磨着无数个寂静的不眠之夜。

那海里的雨，是咸是苦，是甜是酸，只有漂过海的人自知个中滋味。

人在相识之间，品尝的不是一个人的经历与过去，而是她的知书达理，情宽为怀。你用经历打造的素养，用时光磨掉尖锐的个性。我常以为，识一个人在于一顿饭间、一次邂逅，但赏一个人在于她回眸的真诚、谈吐的快语、奇妙的心仪、相识的情义。

在街的那头，我遥望着，见满街的灯火，一路辉煌，在为你点亮，也为你四射光芒。

相约的姿态

朋友之间，常常会有相约之请。那是友情之间的难事，也有不齿之情。

相约之事，多半是友人在某一事上，或是某一时间遇上困境，确实自个儿解决不了，需要友情的帮助，才相约一个时间或一个地方相见，有时是一杯茶水，有时是一个饭局，有时站在马路边寥寥几语，重点说出应求的事，或是希望尽快解决困境。

朋友说了，不去，那是一种失礼。若心中把朋友的话当作耳旁风，一只耳朵进，另一只耳朵出，说明对朋友的话心不在焉，也许没放在心上。

在朋友的心里，他会一边想这人架子大，一边觉得这人不可靠，久而久之，便远离而望之，不再有所受托。

生活中，也有举手之劳之事，不愿意去办，也有简单易行的事却没有办妥，导致朋友间留下怨言。

说实话，相约之时，受托之人的心里存有满眼的巴望，而另一方却若无其事，心无姿态，也无急他人所需，当然让人心有牢骚怪话，遇事抱怨起来。

处世做事，不是什么事都能办得了的，也不是什么事都相约必办。办不了的，要说明原委，让人不再惦记。不能办的，说出理由，让人丢掉那份所受之情，也就是心中的幻想或是期待。

我常遇到一些事情，简直就是举手之劳，而那人久拖不决，一拖再拖，最后不了了之。这是一种怠慢的心理，也是一种傲视的心态，与这种人相约，只讲利益，不讲情怀。

利益让人高兴，事情自然而然得到解决，利益让人心感失望，所办之事当然加了道门坎。

其实，生活中谁都有相约之事，相请之情。放下心里的架子，才能端正心里的轨迹，朋友之间便能处在同一个频道，也能共赏同一个声音，相处得和颜悦色，相聚得心情舒畅。

相约的姿态，也是反映一个人的办事能力和态度，更重要的是人品。麻烦生情感，与善良的人接触，事就简单些。

想你，是那样地望眼欲穿

在如烟的日子，或薄雾隆起的时候，我的心里总是莫名地泛起你的身影，那咯咯的笑声，那甜甜的笑靥，给人带来的是诗情画意。

想你，心里是那样地煎熬。

记得那个雨天，在你的门口，我徘徊着，望着楼上的窗子，俨然像没有一丝缝隙，我好想在那一刻，见你推开窗门，发现楼下的我，在那块挡不住雨的空地里，见我举足不定。

或是你在窗前喊上一句："你怎么来这儿了，是找人吗？"

我会隐匿怦怦乱跳的心对你说："你住这儿啊。正巧办点事路过这里。"

你心里疑惑着，嘀咕地想："怎么跑到这儿来了？怎么跑到这儿来了？"

其实，一连三天，我都来到你的楼下，紧盯着那扇窗户。可三天了，我没见你的影子，也没见那个窗户被你打开。

于是，我悻悻不乐地离开楼下，满脸惆怅，满心忧郁，多么想在楼下喊出你的名字，但又怕那声音惊动你的家人，或是楼上其他窗户伸出脑袋，望着陌生的我说一句"神经病"，或是"吵什么吵，还让人

145

休息不"。

若是这样，我会无地自容地逃之夭夭。心想，再也没有这样的心情来这里等心里渴盼的女孩了。

在回来的路上，我仍不时地回头瞅着那扇关着的窗户，哪怕开一点儿小缝，我也会迫不及待地跑过去，冲你一笑，脸红地睁着眼睛，忸怩地转过身子，让你知道我在楼下。

生活中，可始终没有这样的机会。那年，你转学走了。去了哪里一直杳无音讯，直到有一天，同学来我家闲聊时，才知你也在家里等我。她说："她在家里等了三天，没见你去敲门。"

忽然，我发觉自己像错过的季节，后悔地埋怨自己怎么不上楼去呢？

若是上楼敲门而去，望着那个开门的你，生活会像蝴蝶似的，徜徉在爱的甜蜜里，荡漾在幸福的时光中。

可我自以为是地认为你是在故意躲我，不想见我。这么多年，那美妙的记忆，总是缠绕心中，绵延在深情里，思着那时的情景，一种望眼欲穿的情感总是积习而来，在久渴的心底，泛起了一段美好的记忆……

向 往 父 亲

父亲在新县老家，身体是那样的硬朗。妹妹说，酒还喝，走路不如从前了。

父亲是一九二九年生人，再过两天是他的生日。平时生活由妹妹照看。

去年的生日，他从新县坐着火车来到北京。因工作忙，见我没陪他，没住两天就坐着高铁到信阳回老家去了。

父亲在北京时，我周末请了一天假。带他去了天安门广场，那是他一生中最向往的地方。他在广场见天安门城楼上挂着毛主席像时，激动地说："我来天安门了。"

那天，父亲是那么开心。但见他玩了一个多小时，就向我们提出要回去。可见他的身体大不如从前了。

昨天，我在电话里询问了妹妹，问父亲的身体最近是个什么状况，还能喝点儿酒不。

妹妹说："早晨自己拿杯子倒上一杯，中午也喝一杯，晚上不怎么喝了。"

我对妹妹说："他想喝多少就多少，不去管他。"

妹妹说："那可不行，喝多了怕出门闲逛时摔倒没人知道。"

父亲记性很好，喝完酒他爱讲年轻时的生活，年轻时的故事。有时自己闲着没事时，在家里唱起新县地方小调"打桑叶"。

那歌挺好听的，儿时听过。父亲唱时，我也能哼上两句。他见我会唱家乡的歌，在一旁兴奋得有说有笑，总是念叨在生产队时的快乐。那是他那一代人的记忆，也是他那一代人生活中的乐趣。

父亲这么大的岁数，身体能动能走，能喝能睡，令我向往。平时，就在我身心疲惫时，便想起了父亲，他那硬朗的身体，大清早自己还跑到门口的小吃店上，吃着油条和豆腐脑。

昨天，一个朋友问我，父亲在老家谁在照顾。我说："是妹妹。"

"那你妹妹真不容易。"朋友望着我说。

"这么大岁数，等老了我们不一定走得动。"朋友自言自语地在嘴里说着。

这个岁数，虽然城市的条件好了，生活丰盈富裕，但总觉得身体好像不如父亲。仅凭睡觉来说，我感觉身体不如他。

究其原因，是生活中的我们劳动少了，身体的肌肉坐在办公室里都有些僵硬和劳损。加上丰盛的生活，年到半百，血压就得靠吃药控制。

生活好了，身体却不如父亲。这年头不知怎么讲好。

人常说，身体是自己的。但生活在城市中，又有哪个人放在心上。都是方到病时，才觉得该注意身体了。

父亲的生活很简单，不择食。妹妹做什么，他吃什么。平时多是一碗稀粥。有时也吃一碗饺子，那饺子是在锅里煎的，有一层黄灿灿的硬壳。可在他那个没有大牙的嘴里，嚼得是那样有味……

每次回到老家，望着他咀嚼饭菜的样子，舒心地想着，父亲真有一副好身板儿。

念着念着，心中羡慕不已。

心静，那是一块圣洁的地方

当烦躁像蝉鸣声一样从心里泛起时，我总是渴望眼前有一片宁静的海，在即将来临的夏天里，消去心中的狂热。

心生狂热，难存平静。平静，像寂静的夜，在悄无声息中静静地展在心灵的面前，让人看到静的淡雅，静的坦然，静的鸦雀无声。

它能化解心中的烦躁，祛除心里的不安，也能容纳世事的不公，熄灭燃烧的欲望。它把澎湃的心变成一叶小舟，静躺在风雨后的港湾里，也能让激动的心慢慢释放心中怦怦乱跳的心思，像无影的波流，缓存在血液的皮层里。

心静，是一片圣土。圣土的地方，是纯洁的，也是无杂质、无污染的。

那块静如止水的心境，是人生旅途的甘甜，也是生活奔波劳累的力量。它生出自制力，控制心灵旺盛的肝火；它存有自控力，消除各种泛滥非分而求的欲望。

一个周末，我去了一趟西单的图书大厦。见有的人背着背包，或是带上一杯热水，静静地坐在图书中的桌椅旁，慢慢地翻着心里渴求的书籍，在那里一个小时、两个小时，一上午或是一下午的，一动不动地默读着，细看着，欣赏着，沉思着。

那些捧书而读的人，心是静的，静得能捧起心爱的文字，在心中寻觅着；静得能席地而坐，翻着书中的故事。

我从书架上取下一本书，试图坐在书桌旁，能守住心里的宁静，心里那块圣洁的心灵。可我坐在那里不到十分钟，如坐针毡，东望望西瞧瞧，没翻几页书。

我见那么多人，默不作声地各自在自己喜爱的书里看着品读着，那需要多大的毅力和坚持啊。

回到家里，我也试着拿一本书静心地看着，但不到半小时，总是起身弃书而去，难抑心水。

我常向往心静之地，也想静心而作。朋友说，读书是心静最好的办法。

书是良药，也是良方。读书滋养人，也能陶冶人。它能安抚人的心灵，也能慰藉不屈的心理。它能让人平和，也能让人保持一种崇尚的心态。

于是，我跑到乡下，寻找一个偏僻的地方。在那里，手捧一本诗书，静听竹林里飘落的雨滴声和竹叶的摇曳声，发觉心醉了，不易醒来，也见心静了许多。心静了，在那块圣洁的地方，吐露着清新芳香，任阳光滋长……

心灵的窗户

在茫茫人海中，心灵的窗户只有一扇。这一扇窗户什么时候打开，谁来打开，不一定是天晴了，阳光明媚的正午；也不一定是淅淅沥沥的雨天，雨中的小风正在吹着。

打开心灵的窗户，是心灵事先备好了的那扇。那是一块开阔的心灵之地，经历过苦涩，遇上过雷雨，懂得过酸痛。这扇窗，需求的是呵护，触摸的是心痛，盼望的是懂得，怜香的是惜玉。无论路途遥远，这扇窗都在为心约之人独守；无论炎夏冰冻，这扇窗都在为同路之人开放。

开窗需要勇气，勇气通达心扉。开窗需要膀背的力量，力量终可依靠。人有依靠，心灵自会安慰，那扇窗就开得敞亮。

一个人情有多深，那扇窗就能保鲜多久，在相互磨损中可用情润滑，亦可用爱修复。浅薄的人爱，虽付出青春年华，有点响声就怨恨，有点毛边就嫌旧。

人的皮肤虽在光泽时显爱，皱巴时仍需倾注胸怀。不然，打开心灵之窗时，只瞅到眼前，等到老去窗户难掩。

守住自己的窗户，就是不断地透风呼吸。透风，是让窗户不再陈旧，惹来蜻蜓嬉戏张望。呼吸，是自身倾注营养，皮虽皱，心未老。让负心之人失约，有心之人登场。

我见过一个人，捧着一束鲜花，打开了心灵那扇窗。

后来，他索性在窗前栽满了各种花草，长年四季地开着，为那个心灵之约，为那扇心灵的窗户……

心 灵 之 约

　　一个人打开自己的心灵，被另一个人的情丝应约接纳，我常认为那是心灵的邀请，让情有一块归宿之地，抚慰之所，爱意之港。

　　心灵没有自己的归宿，是一种缥缈的游灵，不知心在何处，自然的归途也不知在何处。人的路途，也会出现分叉、观望、徘徊、举足不定，失志时抱怨命运不好，失恋时悲叹情缘待续，心灵暂无应邀。

　　无约之时，应调节自身的心灵感应，让它放电在春天里、在阳光中、在相遇的时间里，让心灵相印，让情感有约，让爱意倾慕。

　　相约在心灵里，才能在那块守候之地筑巢蜜语，才能把心安放在另一个心上，繁殖梦幻般的恋情，编织着爱的棉被，铺在和暖的心上，让爱生芽，让情开花，让心结果。

　　我在网上见一位记者采访过翁帆的爱情故事，翁说她走的是人生独特之路，也是极少人走过的路，但她青春烂漫的笑脸上，洋溢着爱的眷恋，爱的惬意，爱的幸福，洋溢着与杨老的心灵之约，爱情之约，快乐之约。

　　杨老说，翁是上帝给他最后的宠物。那宠物是心灵之爱，是相印之源，是奇异之花。

花开在有情人身上，铁树也会有肉有血；花开在有信仰人的心里，枯木也会万古长青。

人贵相守，也贵相约。把好心灵之约，才在需要时相互关心呵护。关心来自心里的情感放射，呵护需要真情的倾出独到。

心灵有约，让情释怀在彼此的爱慕里，不让约有所失措，不让约有所迷失，不让约有所等待。

心灵有约，是相约在静候的心灵深处，守好自己的一扇门窗。那门，风清月朗，生命才出现奇异般的绽放；那窗，时开时放，爱情才会绵长久远，情暖意切……

欣　赏

　　一个人对一种事物动了心地去观看，去了解，去思索，给心里带来欢乐，给精神带来愉悦，我常认为这就是欣赏。

　　欣赏要动真情。一个人或一种事物都有自己的独特之处，不同的角度观看的效果也不一样，有的人喜欢黄色，认为黄色金贵；有的人偏爱紫色，预示紫气东来。这样，在赏识的过程中，人与人之间用情感观察自己喜爱的东西也不一样，有的人对雨后的云雾缭绕一往情深，有的人对初升的太阳在天际边的霞辉情有独钟。人有了这种心情，敢于挖空心思去思考，想尽办法去观看，是件幸事。

　　欣赏要有兴趣。一个人对另一个人有了真情，他才在心里感兴趣。心里有了好感，一个人从头到脚都是新的，也是美好的。心有灵犀，才可谓一点就通，哪怕一个眼神、一个小小动作的暗示，就会明白对方的兴趣在哪里。因为兴趣来自心理，也给人一种精神。人有了精神，才有欣赏的品位，爱好的久远。

　　欣赏要敢于舍得。欣赏一个人或一种事物，心里不要存在蔑视，也不能产生忌妒。要敢于取舍，大胆追求，执着偏爱，在时间和物质上舍得投入。没有时间，难窥对方的容颜，心灵的和美；没有物质，难以满足心里的诉求，情感的寄托。

赏一个人，动一份情丝。观一种物，得一份爱好。

把欣赏的东西存放在心里，心便有情调；把挚爱的东西染色于生活，那便是一种追求。

于是，心健康了，爱好自然广泛，心扉也会自放芬芳。人或物在心里像美丽的花朵，那人在生活的摇篮里才会色彩斑斓，在美好的向往里心情才能惬意慰藉。

欣 赏 音 乐

中央音乐学院的大门，我从没进去过。平时，因工作也好，做其他事情也罢，我路过好几次学院门口，见挂着中央音乐学院的牌子心里痒痒的。心想，什么时候能进去走走该多好啊。

每次路过时，心里总是有些激动，也有些羡慕。但又苦于不认识院校里的师生，无法了却心中的愿望。

因为这里是音乐的天堂，全国音乐界的优秀人才基本上都会聚在这里。在这里欣赏音乐，倾听余音袅袅的琴声，多是梦寐以求。

一天下午，我正在整理案卷，见是多时不见的朋友来的电话，便接了一下。他在电话里说："哥们儿，有张中央音乐学院内部礼堂音乐晚会的票，去不去？"并且他还在电话里劝我，说平时工作那么忙，让我去调整一下心态，去那里放松一下心情。

听说是中央音乐学院的票，心里一下子激动起来，但望着手头的工作又犹豫了一下，半天没回答他。

他见我在电话里迟疑着，又说了一句："去吧，听听音乐，换换环境，这对工作也有益处。"

在他的再三劝说下，我的心动了，便答应了他。在指定的地点取上票后，准备前往学院欣赏悦耳动听的音乐了。

说心里话，音乐对我来说是个门外汉。因小时家在乡村，也没有音乐的天赋。平时喜欢的音乐，好听的多听几遍，不入耳的也就随风而过。自然很少踏入音乐学府的门槛。

中央音乐学院在西二环附近。那天，进入大门，经过教学楼前的喷泉，很快就找到举办音乐晚会的礼堂了。

礼堂不大，前后有一二十排，应是一场小型的音乐晚会，难怪朋友说是为内部人员演奏的。演奏台上，放有一台古典风格的钢琴，工作人员在那里准备着。我见陆续进来的人群，像是有些学知的气质，年轻的学生模样儿及年长者应该是学院里的老师和学生。我瞅了一眼曲目单，有十四五个节目。节目里基本是双簧管、萨克斯、唢呐等乐器演奏，个别节目是独奏的。

幕未开，我已陶醉在这个不大的音乐厅里。许是美的东西，心里喜欢；许是心里的向往，希望自己也能长出一双音乐的翅膀，在那样不大的舞台上登场演奏，让美的声音从心灵里释放出来,飘进大众的心间……

新县的雨

新县的天空，又落雨了。那雨是在清明的前几天就开始下了，淅淅沥沥的，飘落在田坎上，山林里，草丛中，那雨像先辈的眼泪，掉在山坡上，长成了红红的杜鹃，布满了山冈。

我站在夜色的门前，伸手触碰空中飘落的雨滴，那是一颗不大点儿的雨，那雨是从山的那边飘了过来，带着泣声，带着凝望，带着倾诉，仿佛那雨的悲泣，像阴沉的天气，把黑夜涂抹得肃穆沉重。

新县这个不大的县城，曾经有五点五万多优秀的儿女为此献出了生命。我思忖着那段沉重历史的雨夜，发觉雨一夜不眠。

早起，雨仍在一点一滴地染湿着地皮。据老人们讲，每到清明的时候，天都要流点儿眼泪，那是逝者的灵魂，也是后人用孝心感动上天的容颜。

我走在山冈上，瞅着身前的杜鹃花开，那雨滴在花上，浸湿了花容，那花更艳了些、红了些，一簇簇的，在青松翠柏之间，是那样的火红，那样的娇艳。有人说，那是烈士的血；有人说，那是红军的泪。

那是新县的雨，常在清明的时节吧嗒吧嗒地滴着。在县城，沉思着满街的雨，望着那泥泞的路，那雨曾吵痛了一个个家庭，也曾吵痛了一座座山村和家族。它为红色的江山滴淌过泪水，也为新中国的成立凝聚过丰碑。

我走在街上，细品着新县的雨，那雨在四月的风中，时常吹满了山冈，山冈红红的，染成朵朵花来……

于是，心中莫名地想起那首革命的歌曲："若要盼得哟红军来，岭上开遍哟映山红……"

幸　福

幸福是什么，我常想：心里快乐就是幸福。

幸福是正能量释放的一种美好心愿，也是心里喜气洋溢的一种情怀。

它让人感动，也让人羡慕。它来源于艰辛，也成长于逆境。它像高山中涌现的激流，又像小河边那涓涓的细流。激流激荡，让人去奋进，细流汇入心里，也给人精神快乐。

奋进的人，知道幸福不易。情意绵绵的人，知道爱的憧憬。

幸福像一场婚礼，全家人都会高兴。也像一对永恒的夫妻，牵手在黄昏的暮霭里，不离不弃。

幸福是自酿的一壶老酒，什么时候喝，什么时候品尝，尝了便知那味是酸，能酸得流出眼泪；那味是甜，能甜到嗓子眼儿里；那味是苦，能苦得心累。生活中，有人说，为儿女累点儿也是幸福。

幸福是什么，是奋斗的途中，那个美好的愿望；是人生的樊篱中，那个喜讯的传来。

爱人被人所爱，夸人被人所夸都是幸福。若见一棵小草就怜悯，见一朵小花就赞叹，那何尝不是一种关爱、一种幸福呢？

伸出友谊的手，做举手之劳之事，幸福长存；敞开善良的心扉，放飞一颗平静的心，幸福永在。

幸福始终在勤奋人的手里，驾驭它，沿自己的目标奔去，可贺的，可喜的，快乐的，高兴的，会随时如风般地吹来……

兄　弟　情

　　兄弟之间是什么样的情怀，我常扪心自问地想，肯吃亏的皆成兄弟。有一句很浅显的话，说得更加明了，人与人之间谁都不傻，真诚相待才能称为兄弟。

　　在古代，人与人之间更加重视兄弟情分，常把兄弟情义，表现为忠、义、孝、信等传统美德，具备这四大要素的人，才互为往来，倾席而坐，为情义两肋插刀，为忠孝舍生忘死。而不是某些人心中的小肚鸡肠，当面一套，背后动作，耍手段，玩心计，献客套，盘心眼儿。

　　古人有舜和象，二人虽为同父异母所生，但生性迥然不同。家人让舜去修补谷仓仓顶，象就在谷仓下面纵火；家人让舜掘井求水生存，象却拉土填井，与舜背道而驰。最终，舜以温驯慈祥，孝行天道，做了帝王。而传说中象因过早劳顿而死。

　　兄弟情深，宁静致远。兄弟之间要慈悲为怀，纯洁无邪，心有坦荡，友情真挚，能够互相帮衬，平肩而立；胸有兄弟，事半功倍，顺风得水，前景似锦。有句话讲得好，放眼四海皆兄弟。能有肺腑之言、慷慨之义的是好兄弟。他们之间不图华丽辞藻，只求一句热心话语；不图抱火取暖，但求简单拥抱；不图敷衍搪塞，只求会心一笑。一句古诗讲得透，

"今日听君歌一曲，暂凭杯酒长精神"。兄弟间处的是情笃义诚，讲的是心安理得。

日常生活中，人与人的交往，有时难得朋友，少见兄弟。兄弟不是一杯酒、两顿饭的情分，是长期的患难与共，息息相通。

有时，席间一坐，细细品尝，相互坐的是缘分，举起酒杯是真诚；相互谈的是情意，聊在一起是感情。为什么古人讲，有朋自远方来，不亦乐乎，正是这个道理。一句话，兄弟之间，贵在真诚为人，相伴为善。

于是，兄弟的情谊相处好的，远胜一母同胞兄弟，也成一生挚友，更能解难问寒，推心置腹，重情重义。

寻找可爱蓝

周末早起，一边揉着眯缝的眼睛，一边拉开窗帘，见窗外阳光照射，格外刺眼，心里惊喜地叫了一声："哇，好晴朗的天。"

于是，心里开始琢磨开车去周边找找天空有云的蓝天，那种可爱的蓝。

天晴，有时虽无云，但灰蒙一片，找不到一点可爱之处。晴天的时候，有时云多，灰色的，厚厚的，又难觅心喜的那种。

出门一看，见天晴朗朗的，没有一丝云。

"去西山吧，那里比较空旷。"我对朋友说着。

"西山没水，没水的地方似乎缺点什么。"说完不到半分钟，我又张口自言自语地念了一句："不行，去西边的山边吧，那里有条永定河。"

朋友应了一声："好吧。"

车过了半个多小时，我见一座桥的下面有水，就拐弯过桥后停了下来。

桥的对面是一个村子，不是平时去过的那种文旅小镇，应属于自然村落，没有开发的那种，自然也很少有人来这里休闲了。

村里人说，这是永定河的上游。见河里水草清晰可见，水流不断，看起来是一条自然的小河，没见有人为开采破坏的痕迹。

165

我沿着野草丛生的河边走着，望着清澈见底的河水，见河中上面那道堰前水流浪翻，汩汩而流，远望去像一条瀑布。我不禁抬头一看，天好蓝啊，蓝得透进了心底。

我望着天空，那蓝在天上一尘不染，映在河里，水天一色，像蓝色的梦幻，刻在古老的神话里，让人憧憬，让人着迷。

不一会儿，山那边飘来了一块云，那云就那么一朵，点缀在远处的山上。在蔚蓝的天空中，那块洁白的云像幼小的孩子躺进母亲的怀里，在这块蓝如似海的天空里，我终于寻到了心中的那种蓝，那种白云悠悠的天空，那块可爱的蓝天。

回来的路上，我还回头望去，思忖着那块白皙的云，在那块蓝天上，是那样地让人向往；在那个有水的村落里，有那样蓝蓝的天空……

阳光总在风雨后

我时常见雨后的阳光，是那么光芒万丈，格外耀眼夺目。

有时想，那是雨天里期盼的心情，希望天晴的日子，让太阳驱走阴雾的天气，也驱逐心里抑郁的情绪，让世物清新，身心清爽。

常言说，阴雨过后是晴天。好的天气，总在风雨过后，阳光从云层的罅隙中钻了出来，五彩斑斓地照在地上，洒在房前屋后、田间地头，让众草蔓蔓青萝，让植物茁壮成长。

一个人无论是心有阳光，还是一生阳光，总在人生的路上遇过风雨，历经风浪。没有风雨，不知苦尽甘来；不经风浪，不知港湾的风平浪静，给人以安宁。

有的人在泥泞的道上跋涉，有的人在爬坡时遇上沟坎，有的人在努力的途中总有好人相伴，有的人遇事一跃而过……

生活中，无论哪种人，努力总在前头，苦闷总在行进当中，结果都会在勤奋地付出后，看到生活的阳光，人生旅途的希望。

不经风雨，绝成长不了参天大树。不懂拼搏，绝站不到幸福的顶峰。

努力是在痛苦中前行，知苦而乐，方能达到心中的彼岸。

有一个人，成天游手好闲，总见别人有肉包子吃，心里纳闷儿自己总是没有。他没想自己躺在床上呼呼大睡时，别人已起床披衣劳作二亩田地；他不思自己在微信里聊得不亦乐乎时，别人却在利用行走的时间手捧书卷，构思了美好的前程。难怪有人一生碌碌无为，一无是处，有人总是雨后阳光，荣誉满屋。

得到阳光，总得付出一番经历。经历之中有坎坷，有挫折，有失误，有叹气，也容易迷茫。挺过胸前的那段日子，坎坷变阅历，挫折变勇气，失误成经验，叹气变信心。自此，人生不再失意，遇事不再迷茫。倘若意志消沉，精神颓废，心中的阳光总难穿透厚黑的云层，拨不开云日见青天。

那阳光，在雨后，是心灵之约，也是透亮之窗。在努力的路上，无论从哪个角落照在身上，你都会福从勤来、荣载而归……

阳台那盆花

阳台那盆植物，一直放在阳台边沿不起眼的角落旁，是什么花，我没有深究，也没问养这盆花的妻子，它叫什么名字，属于什么科目类别。

今天中午下班回到家里，见妻子正在厨房做菜，饭还没有熟，我便走到阳台，思考着今年过年的味道。再差两三天就春节了，望着窗外准备年货的邻居，那忙碌的脸，在督促着家人："快点儿，晚了赶不上火车了。"那声音从窗外传来，朗朗地映在心底。于是，我立在窗前回思着，那声音应是年的督促，也是年味的到来。

望着他们远去的背影，低头瞅着窗前，发现眼前的一盆小花，开得惹人喜爱，让人耳目一新。我弯腰蹲下，见它在阳台上红艳艳地开着，在室内点缀着生命，活跃着气氛，心里不由得感叹起来，这样冷冽的冬天，赏着花蕊，闻着清新香馨的花，是预示着年来了，也寓意着新春的气息。

于是，我瞅着那盆满朵盛开的小花，心中有点儿兴奋起来。它是多么的可爱啊。在房间里，在阳台旁，不经意地生长着，默默地展示着，那是生命的到来，也是新一年时光的到来……

169

夜 静 时 分

夜，悄悄地覆盖了白天的繁闹，也消去了白天的忙碌，人们陆续地回到家里。

有的招来昔日的朋友在街头小聚，在摊点上喝着啤酒，吃着小吃，谈论着当地风土人情，聊着陈年旧事。有的在家忙着白天剩下的家务，洗洗衣服备点早餐、抚养孩子、照看老人。有的出门在门前的公园里散散步，听听音乐，赏着街景。

夜静了，忙碌的人在赶做一天没忙完的活，酸累的人打了一盆洗脚水坐下来泡脚休息，多情的人在仰望星空想着昨天的故事。

夜静是养身安神的好时分。养养心，补补身子，能为明天积攒精神，也是为身体补充能量。夜里既能消去一天的疲倦，也能反思一天的过错。

夜静是思念的好时刻。人可尽情地想，没有打扰，没有喧闹，也可放开心中的思绪，想自己的亲人，自己的朋友，把思念拉出长长的线，任东西南北，让思念成诗，在深夜里多情默默。不过思念多了，容易忧愁，忧可伤心，愁易失眠。

夜静也是创作的灵感之地。一个人，一间小屋，一张桌椅，可坐可立，可躺可卧，灵感来了爬起来，独自在文字中柔情，亦可在故事中徜祥，高兴时咧嘴两声，沉闷时垂下额头。

若在朗月的夜里，坐在夏天的池塘边，听蛙声如潮，看萤火虫一片，仿佛生活进入童话般的诗里。若在朦胧的月色中，立在风儿轻轻、树影婆娑的窗口，敞开心扉，能聆听心的思念。

或许，夜静的时分，能梦见蝴蝶的到来。真的，蝴蝶能钻进人的梦乡里，飞舞着爱情的故事……

夜 里 散 步

夜里散步，是一种自在，也是身心在夜色里保持的一份安慰；是轻松，也是一天劳作后的休闲。

平时我很少在夜里独自一人走出家门，在临近的操场上闲逛。

操场不大，在家门口的东侧。天气暖和一些，沿草坪的周围转圈散步的人不少。每次加班回来，见那里的人依稀地走动，有老人，有孩子，有夫妻，有学生，他们自在地在那里溜达着，谈笑着，快走着，像赶集的乡人，又像轻闲的游客。

今晚出门散步，是今年立春以来我第一次夜间独自闲逛。平时在家说过多次要出来走走，可一到家里就懒得出门，坐在沙发上，耗着生命里的时间。

在操场上，我沿着水泥地面不停地走着，不时地抬头望着前面，又不时地想着一天的事情。

其实，散步是一种心情，好心情散步，步伐轻盈，好心情散步是一种浪漫。在那月色朦胧的夜里，或是星光布满的夜空，散步是对白天酸累的释放，也是对身体一种能量的积攒，它对健康是一种呵护，也对生命享有一份快乐。

　　夜静，走在那繁闹的人群中，喧而静候其实是一种思念。那思，从远方而来；那念，从心底而出，静静地在黑色的夜里，倾诉一份爱的到来……

夜　色

夜色的美，到底有多撩人，在人的心底是怎样的甜蜜呢？

忙碌的人顾不上欣赏，忧愁的人瞅见它伤感顿生，无聊的人不知夜的来临，寂寞的人怕夜色更静……

不是休闲时光，没有人真正地站在河边或山上等着夜色的到来，也不会有那么多善男信女匆匆而过。

夜色属于多愁善感、情感富有的人，他能立在山顶的风中，等待夕阳的落下，陶醉那块烧天的云；他能徜徉在一条不起眼的小河旁边，守候着夜的宁静，抬头瞅着夜色降临。

他能为一叶扁舟的靠停，送去心动；也能为暮色的苍茫，不惜心里的思绪。

夜色是静的，静得让人怀着思念，在寂静的河边，在冷落的街头，在独守的房间，常思着久远的故事，那个人文的伤感，暮霭烟起的日子。

它把忙碌赶了出去，把喧闹化作宁静，让人在静静的夜晚，酝酿明日的繁华，风和的秀丽。

我常站在傍晚的湖边，瞅着车水马龙的夜晚，忽然发觉街上的车少了，行人稀了，这才断定夜是寂静了。于是，人也那么安静。

　　安静的夜里，你可对星空阅读，也可与月儿对话，什么时候到了朗月的夜里，夜色才真正泻在心底，倾谈着月儿的故事。

一丛金银花

老家的田埂靠近山坡的那头，有一丛藤条状的金银花树。那花开得有黄色的，也有白色的。

人到近处，一股香气散发在周围，浓浓的香味儿，钻进鼻子里，顿时神清气爽，花香飘来。

金银花在老家的田边地头随处可见，一朵朵一把把的，也有长在路边的，行人见了，一手牵着衣角，一手采摘着，用衣服兜着回来，放在房前竹制的簸箕里晾干，好到药材站里卖个好价钱，换点家中紧缺的柴米油盐。

记事起，我常去田埂那边把那丛成熟的金银花采摘回来，晾干后装进母亲缝做的布袋里，利用一个下午去集市的药材店里卖掉，有时能卖到五毛钱。于是，我又用这五毛钱，买了一支毛笔和两个小字本。那时，觉得手里有几毛钱，上学不愁没钱买本买墨。

于是，每到夏天，我心里总是盼望着田埂边上的那丛金银花，渴望它早点儿开花，长得厚厚的。有时，又担心被别人发现，抢在前面摘了它。这种心情自小学一直到县城读高中时，心里才淡淡地忘掉。老家田埂边的那丛金银花，它不仅让我懂得了生活的勤俭，也让我懂得学习的勤奋。

在高中时，一次翻阅同学的课外读物，见清朝蔡湉对金银花的描写，觉得很有意境，便抄记了下来。这么多年，我竟没忘这首诗："金银赚尽世人忙，花发金银满架香。蜂蝶纷纷成队过，始知物态也炎凉。"

有时，去采摘金银花时，见花旁蜂蝶成群，翩翩起舞，有的铺地长起，那花羞答含笑，娇滴滴的。有的绕树木而长，萦篱绕架，亭亭玉立，馥馥馨香。再去回忆蔡湉的诗，别有一番滋味。

所以，对金银花我情有独钟，每到夏天来临，金银花开，我常跑回老家的田埂上，瞅着满树的金银花朵，那白的、黄的，一簇簇一朵朵地拥在跟前，像幸福的笑脸，让人难以忘怀。

近年，很少回去了，也没再采摘过家中的金银花。忽然，想起家中田埂上的那丛，仿佛那花飘在眼前，香，真的好香！

一树桃花也是情

　　春天来了，踏青的人爱从周末里挤点时间，去开满桃花的山上、公园里、桃园中赏花悦目，嬉戏生情。

　　桃园里桃树成片，见桃花一枝枝的，花挤着花，紧凑一起，争艳怒放，娇红似火，有的人抱到这树，又去怀抱那树，尽情地在桃花林里徜徉。那边花蜜吐蕊，芳瓣敞扉，展在眼前，有的人瞅完这枝攀那枝，立在花中，让人心旷神怡，不禁自喜。

　　公园里，桃树满枝，花红蕊艳，给人一种满园春色观不尽的景象。这时，走在公园里，满树桃花让人打开心扉，放飞心情，敞怀喜悦，让和煦的风在脸上荡漾，让悦目的花在心里释怀，那个心情让人忘情自我，让人的精神一时得到了依托。

　　在欣赏一片桃树的花时，往往会衷情一树，或是一朵，在花的跟前，细细地瞅着、端详着，用心阅读着它的芳容，它的蕊丝，它的柔情。有的花朵拥挤在一起，有的生长在树干的底部，在粗老的树皮里剥开了一朵鲜艳的生命，流露着生活的气息。

　　在众多桃树满枝的花朵中，一朵开在树干的桃花，让人爱怜得透不

178

过气来。心想，花不在开得多少，在于观者的心情，一朵树干上的桃花，也能生出爱意，观后春心怡荡，让人流连忘返。

世间的事，其实不在多，找到自己欣赏的那朵，相惜珍视，如桃花树干中的那朵，和悦心间，久留情怀。

油菜花香

  每到四月初时，家乡的油菜花让人举足不前，满田的油菜花朵，满山坡的油菜花香，让人欣喜悦目。

  去年四月刚到，家乡的二哥来电话说："回来吧，家里的油菜花开了，到处都是，满山遍野的。"

  他说这话时是希望我能回去一趟，看看家乡，瞅瞅家乡的生活，顺便闻闻油菜花香。

  不几天，我在周末的一个早晨回到了久别的老家。

  一路上，沿山路而上，田头地角，房前屋后，沟壑坎坡，一片片，一处处，一块块，金色的花朵，黄色的花瓣，时时跃入眼帘。远远望去，心中不由得惊叫起来，家乡的风景好美啊！心想，那每棵花朵孕育的是家乡人的希望，也流下了家乡人辛勤的汗水，仿佛那田间的锄禾声，朗朗映来，落在金黄色的油菜花上，泛起童年的回忆。

  我望着沟壑相间的油菜花瓣，点缀着青的树柳，绿的茶园。于是，我跑过去，看着油菜花的金黄，也闻到了茶的清香。

  我见二哥的门前一撮撮的土地上也开着油菜花，那香味像是从二哥家里飘了出来，带着童年的希望，点缀在春天里，也点缀四月的芳菲花草间，让花怒放，让香气扑鼻，让汗水在花上滴淌，滴淌幸福的芬芳。

又到花开时

走在街上，望着一树树有名的、没名的花朵，一枝枝粉红的、雪白的、金黄的花瓣，那样的鲜艳缤纷、婀娜多姿，那样的情柔似水、香气袭人。忽觉花开了，满街满地，又是一年的春季。

记得去年的春季，我登上一座不知名的小山，那山不大，可花开了满山。除桃花、杏花、樱花外，还有白色的玉兰花，那花漫山遍野，从山沟到山顶，从这座到那座，瞅得人眼花缭乱。

近处一看，一朵朵像开心的笑脸，倾心地为你招手相迎，让你赞叹，让你叹为观止，让你惜怜。你看了这树，又奔那树，在花的下面欣喜、怡然，在花的旁边仰望、感叹。那是一朵朵如心的花蕊，让你敞怀情丝，在花的丛中拥抱；那是一树树似爱的琼瑶，让你吐露心意，在香气宜人的树下缠绵。

那花怒放在春天里，你纠结不知如何带回家里。

花，开的是惊艳，赏的是心情。赏花，是把心情释放，释在每棵树上，落在每朵花里；赏花，是将春意翻闹，让青草润心，让花朵迷人。

花开了，又是一年春季，那花相似，情景相同，若心思沉重，难觅春天的花蕊；若人群不同，也难静观人间的花容。

走在街上，瞅着观花的人群，不同的年岁有着不同的风韵，那是花的婆娑，花的绚烂，花的娇艳，惹到心灵处，落在心田间。

于是，瞅着眼前的春天，又到花开时，想着满街观花的人群，我走出了门外，在那树花开的山里，静候着人生的春天，品尝着生活的到来……

与 爱 同 行

爱一物或一人，源于心中对一事的释放。释放什么，达到什么程度，取决于心情的好恶。

心情好，相持久远。反之，心有情绪，爱会失去光泽，慢慢暗淡，与物远离。

生活中，喜欢一事或一物，得用心读懂它。人常说，对事物的了解才能对事物有爱惜的基础。你不了解它，何谈"喜爱"二字。

一个人是这样，一件事也是这样。一个人拥有一物，与物同在，那叫爱不释手。喜欢一个人，常在一起，谈笑风生，相亲相伴，也容易心灵有约，其心一起。

人有了这种心情，相望而归，是一种呵护。不能做呵护之人，当然不能一起同行。

与爱同行，心里一定有爱。一次与朋友聊天，谈到一段爱情，那男孩常在国外念书，已对国内的事物毫无兴趣，心里总认为自己念过洋书，在外多年，爱的兴趣也优雅许多。回国后一次在同学聚会上，总觉这也不行，那也看不惯，嫌弃自己的女友。朋友见后，摇头叹气，相处不到半年两人因情趣各异感情生变。后来，那孩子的父亲在生意场上接连失意，孩子在国外的生活也不能补给。回到国内，见昔日的女友已是风华正茂，可已难圆昨日温情、重修昔日之好。

与爱同行，必有爱意。细沙塞河道，弱风畏寒凉。心中的爱意哪一点儿受阻，说不定哪天就会生出问题。

爱不是试金石，但与爱同行必有条件。若无风餐露宿的行囊，再有风味的野餐，也禁不住流星的哗变。

与爱同行必能同甘共苦，撑得住阴雨连绵的岁月，生活方能同舟共济，同行致远。不然，爱像山丘上的沙子，随时会失去原有的方向，随风滚落，难以相聚……

与健康相伴

爱健康就是对身体的呵护，身体与健康相随，也就是与幸福为伍，与快乐相伴。

常有人讲，世上再好的东西，唯有健康是自己的，是家人的，是孩子的。没有健康，幸福也离得很远很远，生活的情趣也就沾不上边。

有人说痛并快乐着，快乐里毕竟含着痛。痛存在人的身体里，人的肉体就会缺少快感，精神就会受到磨损，痛苦也就自然而然地伴随而生。

人有了痛苦，与事情趣了无。有什么别有病，得什么就得一个好身体。朋友一起，或坐，或玩，或说，或笑，开心一乐，情亦自然，心也坦然。若身体有恙，心烦意乱，偶带呻吟，自然会引起周围健康"生态"，欺众而寡欢，宾散而受染，情便生离，淡淡远去。

做一个健康的人，关键是体魄强健，心态轻盈。心态好，自然雅致剧增，万物皆有情。人有情怀，心胸开阔包容万物，一个哲理的人说，海纳百川，有容乃大。

健康的人心是轻的，血也是清的，不藏垢纳污，不小肚鸡肠，不贪生邪念，不心胸狭窄。与健康的人一起，处的是一种心态，一种为人，一种处世；与健康的人一起，学的是高雅，求的是崇尚，传承的是厚德载物。不然，德不配位，最后荒废一生，骄横众生，苟延残喘。

　　人生在世处的是一种心态。心态好了，为人实了，处世便会津津乐道，幸福也就相生相随，结伴成对，相守生命……

远去的麦香

在初夏的季节，我时常想起儿时的麦田。那麦的记忆，仿佛从久远的心底阵阵飘来，那麦的香味儿，扑到褶皱的脸上，一浪一浪的，舒心地闻到家乡的麦香。

小时，家的后山坡有一块麦地，麦地的山坎边栽有七八棵桃树。

父亲说，那是他和爷爷栽的。每到麦黄的时候，桃的嘴边红红的，沿一条弯弯的细线，一直红到桃的根部。那桃好吃，尤其在麦黄时，我总是前往后山那块麦地，看看麦，望望桃。

桃子结得很厚实，一些枝丫压得低低的，遮挡了麦的成长。父亲见时，狠下心来将伸进麦地中的桃树丫砍了几枝。

麦在阳光下，噼噼啪啪地摇曳着，一阵阵的，金黄色的，像欢乐的海。

那金色的海，是父亲的希望，也叙述着一滴滴汗水的酝酿，那铁锄的挖地声和镰刀的收割声。

那块麦，我多年没去了，也多年没握那把割麦的镰。那镰已锈，丢在家中门后的角落，不知麦黄时，还能否收割了麦。

父亲说，那麦多年没种了，哪有麦割。

麦没种，麦香还留在心底。

我思着山坡那块麦地，心想什么时候有空了，种下麦子。初夏了，让孩子们去那地里闻闻麦香。

去年的冬天，我把这种想法告诉孩子。孩子说，那么远，在郊区找一块吧。

郊区不属于自己的，怕种了也闻不到家乡那块麦的香味，也担心转基因的嫁接，不是一个品种，难有儿时的味道。

于是，初夏的一天，我喘着粗气地爬到那块地边，望着满地的杂草，那麦的香味瞬间从地里钻了出来，仿佛满地麦浪阵阵，散发着迷人的芳香……

月 儿 湾

老家有一个池塘，在村后的山村坡上。因它的形状像月牙儿，村里的人习惯叫它月儿湾。

月儿湾的池塘上下，有一片梯田，水充足时可以种些水稻，平时多数家庭种些油菜，用来榨点菜子油供家里食用。但乾隆皇帝在江南微服私访时，对油菜花有种独特的情怀，他在诗中写道："黄萼裳裳绿叶稠，千村欣卜榨新油。爱他生计资民用，不是闲花野草流。"

在老家一带，油菜常在三四月份开花，金黄的菜花，漫山遍野，让人不禁联想到田园风光中的生活。瞅着它，也思绪着乾隆皇帝对油菜的民生情感。

走在月儿湾，从山顶到山下，那一垄垄金黄的油菜花，微风一吹，如碧波荡漾，在夕阳的辉映下，棵棵欢声笑语，似蝶舞翩翩，蜂群窜吻。见那棵黄灿灿的油菜花在风中摇摆时，忽然想起了刘禹锡春游玄都观的情景，"百亩庭中半是苔，桃花净尽菜花开"。望着眼前金黄的花朵，一条条，一块块，一绺绺，在池塘的周围，尽显春天的气息，静候着农民的笑脸。

站在油菜花前，瞅着满山梯田，那月儿似的池塘像一颗璀璨的明珠，静静地镶嵌在半山腰上。它像一个怀春的少女，酝酿山峦的爱情；又像柔和的春风，扑面而来的湿润。它像一双眼睛，任流星飞过，云儿飘移，雨水滴答，一眨不眨地静守在那里，守候着丰收的景象，仰望着农民的笑靥……

那弯似月儿的牙，它滋润着油菜的花香，也丰实着周围的山地田坎。

找一条适合自己的路

我常想心思有多长，路就有多远。那条路别人走没走过，不至关重要，而在于自己是否适应那条路。

选择一条路，是人生的关键。那路或许荆棘满地，若用信心刨掉阻挡去向的那丛，往后的路就会趋向平坦；那路若沟坎不平，用智慧垫起人生的阶梯，越走越有精神，越攀越有希望。

有人说沿着前人的足迹往下走，因前人已从困惑中走了出来，给后人指出了方向；有人说自己的路得自己走，心正路就直，心歪路会断。

其实，生活中的路与自然的路没有多大区别。自然中的路是人走出来的，生活中的路得用心修。我见过一位风雅苦钻的学者，他说自己喜欢贤能的人，而他从不夸夸其谈，总是以严谨苦学的态度教导他人；我也见一位德不配位的领导，遇事总是那么斤斤计较。有人说他会当很大的官，我想他的肚量撑不开世事的界定。

择一条路，没有毅力是迈不开胜利脚步的，没有恒心也难达到崇尚的境界，最终半途而废，精神颓废，一事无成。

选路一定要磨掉自己的秉性，高低不平时，先放下一只脚，待站稳后，再确定另一只的方向，这样那条路始终有鲜花掌声，遇事才会化险为夷，有备无患。

　　记得一次路过一家商店，一位母亲正在训斥儿子，想必是那个孩子没按他母亲的话做，走了弯路，或是受了挫折。

　　大人或长辈有时总拿自己的想法或自己遇到过的事情教育孩子，可孩子又有几个明白他们的忠告，一意孤行的有之，三心二意的有之，表面看似择对了路，实则站错了方向，荒废了青春，甚至有的孩子德行不一，步入了邪道，成了大人心中的一块伤心之痛。

　　走路需要精力，也要有一个强健的体魄。但人生的路，重在灌输信念和理想，培养自己的爱好和情趣，练达自身的素质和意志。这样，那路才真正适合自己，走起来也舒畅，踏上去让人放心。

正月出差

　　正月出差，总有年过得兴犹未尽的感觉，见亲朋好友还在忙中偷闲地相互走亲串户时，我已从北方的雪天，踏上了去深圳那个春暖花开的路上。

　　临出发前，看了一眼天气。说是南方的天气暖和，街上有穿短袖的。怕冷的我，还是穿了件棉衣上了飞机。

　　刚到深圳，正是情人节那天，望着满街的鲜花，像是在为有情的人绽放，那花开得娇艳，开得惹人，开得心爱。记得前年的情人节出差在广州，满街抱着鲜花的小伙子，多于今天的深圳。那火红的少年在姑娘面前，都是那样的低首温情，相拥而语，彼此倾诉着爱意，倾诉着幸福，倾诉着未来。

　　中午办完事情，在一个小店吃饭时，十多张饭桌的餐厅，突然一个小伙子抱来了一束鲜花，打破彼此心中的宁静。大家举头瞅着进来的小伙子，见他径直地走到一个姑娘面前，我的朋友在一旁还为其鼓掌点赞，满餐厅的人中，唯独那女子享其殊荣，其心是多么地幸福与愉悦，多么地开怀与欢心。

　　情人节一过，因事要办，我离开深圳前往无锡。对深圳的留恋不因是它的开放气息，而是它和暖的天气，让人在街上走得汗从背出，是那么舒心懒洋，那么地春风扑面。

可无锡的天，要冷得许多。一下飞机，像寒潮袭击而来，虽已立春，天气仍是那样冷清。有点像老家的天气，外有多冷屋有多凉，立在房间不停地哆嗦。

当地的朋友说，这里天阴下雨已有二十多天了。天气预报说，未来一周仍是这个样子。我一边听着友人的话语，一边琢磨起心里的事来，计划尽快离开的日子。

正月过年，广大乡村多以过了正月十五才算过完年。可现在的城市多赶在春节假期结束，中断年的味道。总觉得传统的年味，已是那么遥远，一家人能过个安稳年的为数并不多，有的急着上班，有的接着忙上一年未完之事。

在手机里，我见网上有一个画面。那个留守在家的女儿扯着远走他乡妈妈的裤腿，"妈妈，你不要走"。多少人因生活无奈地撇下儿女，为挣点儿养家的生活费用；多少人因生计担起家庭的重担，年没过完离开温情的家乡，离开多病的父母，心无头绪地东西南北地闯荡。

在宜兴那个紫砂富裕的乡镇，见一对年迈的老人，年未过完独自躺在家中，可他那么富有的儿女因移民国外，也没能让父母在晚年享受天伦之乐。在临别拥抱的那一刹那，老人的泪一下子挂在脸上……

那老人的泪，挂在正月的年中，也挂在孤独的年上，是否挂在儿女的心里，等慢慢老去，方知世间的道理……

执　着

近日见一朋友痴迷于蝶前花舞，蹒跚于花草丛中。忽然觉得一个人对一种事物的执着，一种热度，狂恋到不省自我，不知天黑，不能自拔。

人有执着，其实是一种境界。执着是对人生的一种态度，有的人深细，有的人浅粗。

深细的人对事有种责任，也是一种情怀。相处中，觉得放心与信任，也觉得好处与亲和。与浅粗的人一起，觉得其人对事爱信口开河，意志不坚定，也难以交心与交往。

生活中，我常对一些忠贞不渝的爱情故事所倾慕，也对一些业界成功的人士所感怀。古时有粉身碎骨浑不怕的人物，也有蜡炬成灰泪始干的豪迈。如一个诗人，没有固执己见的灵魂，写不出优秀的诗作；一个僧人，没有静悟的境界，成不了高徒；一个学者，没有拨灯熬夜的功夫，只能是作秀的专家。

执着不是天性，是用后天的恒心，才能拨开云雾见日月；用坚强的毅力，才能握着铁杵磨成针。

我见一个人，他对奇花异草的酷爱让人难以想象，常跑到深山老林，攀岩寻觅，伏渊探望。一次，因钟爱一草从山崖上掉了下来，虽性命保住，却丢了一条右腿。他没被残肢的身体带来的不便所困扰，自己拄着拐杖登山岩，见有自己喜爱的植物在山崖中，将自己用一根绳子拴着，另一头系在山腰的树上，只身下去刨挖。

人对一事的追求，也莫过如此。

世上的事有时很难解释清楚，偏爱是一回事，执着又是一回事。

把爱从心里释放出来，让一种事情在心中自始至终，至善至爱，在生活的途中孜孜不倦，梦寐以求，生命才会在顶峰上放出奇异的光彩。

周末去哪儿

一到周末，常窝在家里，甚至不想下楼。有时想北京这么大，没有自己想去的地方。

是没地方去，还是人懒了不想出去？想来想去，是爱好没了。人没了爱好，自然心里对任何地方都不感兴趣。没有兴致，人容易变得懒惰起来。

北京这么大，游玩的地方可不少。名胜古迹不说，周围的山水够爬上个把月的，再加上大街小巷里的胡同，还有那近年的人文景观及影视文化，可去的地方还是不少。但对这些地方，可我心里总是提不起兴趣，觉得出门坐上地铁挺费劲，还费半天工夫。说句心里话，自工作紧张后，心理压力时时涌来，也少了年少的轻狂与好奇，也没感到京城的优越感在哪里。

有时一到周末，不知要干啥。常发呆地坐在家里磨蹭半天，一页书看不到几行。有时翻上一本，发觉文化的缺无，给自己的双腿注了懒惰的包袱，新思维学不来，旧事物又不想碰，久而久之，浑浑噩噩，懒惯了身子，养软了腿，总觉得偌大个北京，难觅好去处。

其实，人到了一定年纪，应觉得哪儿好去哪儿。周末本身就是个休闲时光，找个安静之处，养足精神，方能静心养性。

有时想，没处可去或不知去哪里，属于城市烦躁之病，也是劳累奔波所致。不然，有了周末，不想外出放松心情，怕是生活压力作怪，见了人没话可说，遇上事绕道而行，这样下去，对人对事容易漠不关心、麻木不仁，生活也会失去品位，对社会产生一种隔阂，甚至有些好去处，也不知该去哪儿了，或是从哪儿来、到哪儿去。

　　所以，周末去哪儿，应选个僻静的地方，闭目养神，养足精神，方知事物的好坏，心中的快乐。

走 近 书 店

很久没有到书店里去转转，也没想着去看看。平时不是没有时间，而是懒。渐渐地，失去了去书店逛逛的习惯。

书店是各类书籍的集散地，也是一个求知的场所。走到书店，不难看到书架上摆放的主要是名人的、新秀的、古代的、国外的书籍，也有明星、名人的传记，还是一些学者的著作，书目繁杂众多，包罗万象。

在书店里挑书是一种习惯，也是一种爱好。有心的人读书，时常把它作为充实知识丰盈自己的一种能力，也有人把它当作陶冶情操潜心阅读的一种休闲，极少数人却从书里学点投机钻营的把戏，最终也在这种聪明中荒废了自己，误入歧途，走向邪恶的边缘。学习不好，肯定不爱到书店里看一看、走一走、翻一翻。书里描写了什么，里面的故事是否情节动人，当前的经济形势怎样，法规政策规定了什么，等等，不闻不问，一概不知。

办案时，我见过收过人家钱的人。他说："我把钱都退出来了，你们该放了我吧。"也见过某报报道："一个女县委书记对检察官讲，收点儿钱，这叫受贿吗？我给人家办事了啊。"也有一位领导，他在台上讲话中常爱标榜自己有学问，在引用清代诗人的句子时说诗人出生在宋朝，弄得台下哄堂大笑，属下听了在心里直悲叹。

想到这里，心里便思索起了那些无知的人，他们某种程度上不是"无知"，而是"无畏"。也不难看出，人不求知不读书是多么地可怕，又是多么地可怜。

也有人说，不读书我活得很好，也很滋润。天天有酒喝，夜夜笙歌燕舞。我常想，某某如要了解美国的法律和社会，不至于在媒体上沸沸扬扬，搞得自己名声扫地，狼狈不堪；某某若出国前到书店里购买一本当地的风土人情的书学学，不至于出国游玩时在他国遭受牢狱之灾。

学习的人，必爱书。爱书才有时间到书店里走走，找自己所要的书籍，翻阅自己所需的内容。

一个人一年没去过几次书店或根本不去书店，他外出满嘴容易爆脏话，在家也是粗人一个。有时，在朋友前说话也把不住门，容易不欢而散。

到书店走走，是一种境界。读书容易悦目养神，修身养性。常去书店，见那些孜孜不倦的人，渴知以求的人，书中寻乐的人，在书架前静候一本书，举手挑一本心中佳作，不由得让人肃然起敬。

在书店里，见有那么多人在择书而读，一边静看，心里受到感染，一时在书前移不动半步……

于是，走近书店，我找到了读书的感觉，一种润心的偏方，一股精神的力量，一种知趣的个味……

走下去，人才有出路

人有坎坷，路有险峻。人在困境时，正视眼前的环境，走下去，生活才有出路。

去爬一座山时，那道很险，崎岖不平，一不小心脚滑腿软，便能掉进下面的山谷。

我见下山的行人那么小心翼翼，双手抓住铁链，一只脚挪着另一只脚地走着。望着前面的羊肠小道，感叹地说："坚持一下，前面就是平坦的大道了。"

生活中，遇有困苦，有的人喜欢放弃，有的人想唾手可得。在困难面前有的人总想着法子绕着走，渴望生活有捷径。

生活中哪有那么容易的事，不劳而获，或少劳多得。一分艰辛一分耕耘。没有脱掉一层皮或脱胎换骨的毅力和意志，哪来的荣耀与掌声。

我见过一位出行开着豪华轿车的人，他的同乡、同学好生羡慕。但他们不知这之前他的处境与苦难。

年轻时，他在寒冷的冬天卖过汤圆，有时两三天卖不出去两碗，一到夜里，蜷在桥洞里过日子。他见卖汤圆填不饱肚子，就又去垃圾桶里拾破烂儿，靠变卖一点儿零钱过日子。

两年里，他白天翻街头的垃圾桶，有时到建筑工地里拾垃圾，夜里寄宿在桥洞里。

他心想，照这样走下去，什么时候是个尽头。在工地，他见一个年纪轻轻的人指挥着一群建筑工人，他好奇地问："你懂得砌砖？"

旁边的人没好气地说："他是工程师。"

"工程师？"他在心里疑问着。

他得知考个建造师就能带一班人在城市的高楼大厦干活时，便走进了书店，一头扎进了建筑领域行业的书里，考取了建造师职业资格证书。

起初他试着在建筑行业里找一些活，但在工地上遭到同行人的白眼。他跟过一些老板做工，但那些不诚信的工头，常常卷钱而走，他几年的辛苦打了水漂儿。他垂头丧气过，心里也忧郁过，但生活还得一步步地走下去。

于是，他脚踏实地，一步一个脚印地干着，常早出晚归，不辞劳苦。几年后，他开上了人人向往的豪华轿车，在喧闹的城市里购买了一套舒适的房子。同乡说他富了，他在家乡也为乡亲们修起了公路。

生活中，他没有被眼前的困惑所吓倒，他勤奋着，吃苦着，努力着。他没有多少文化，却走出了一条适合自己的生活之路，过着舒服的日子……

于是，我常想，人不在学历，也不在官位，择一条适合自己的生存之路，学点儿本事，一直坚持着，并艰辛地走下去，生活才会衣食无忧，过上幸福的日子。

昨天家里正下雪

昨天，同学来电话，说家里正纷纷扬扬地下着雪。

下雪是件高兴的事，听到电话那头说着"下雪"的声音，我心里有些担心，年根儿近了，回到家里气温许是冷些，心里巴望早点出个太阳。天晴了，好在家里多待些日子。

老家在大别山区，同学在雪地里发来了照片，那雪很大，山上地上白茫茫一片，树上也是白的。年根儿下雪，对于回家过年的人来说，是件不愉快的事。过年，大家都喜欢暖和的天，走亲串户，走起来也方便，不那么泥地缠腿，也不那么在淌着水的雪地里无处下脚。

在老家过年，那里是很冷的。屋里与屋外几乎是一个温度。在单位，我常对同事们说，家里没有取暖条件，外面多冷，室内有多冷。我们常在夜里蒙着大棉被睡觉，大半夜里脚还暖不热。对于过年，宁可挨冻也得回家。不知什么时候，这个习惯扎进了心里。

因为家，是母亲的怀抱。年根儿到了，那是一道命令，无论在外多么富有，或是辛酸如雨，还是挣点儿小钱，甚至没钱揭锅，都会在过年的大潮中，赶着时间，牵着忙碌，奔向母爱筑的那个窝巢，吃上那顿团圆的年饭，品着辛酸，尝着劳苦，谈着年后的希望，年后的幻想，或是心无头绪地东闯一把、西碰一阵，为生活添点儿幸福，为日子露出笑脸……

　　下雪了，家里今日正冷，攥着手头的车票，上了火车……

坐在家里看日月

离家两三公里的地方，有一条宽阔的河水，那河常在太阳升起或是夕阳沉落的时候，燃烧着半个天空。望着它，那景醉得让人迷恋，让人觉得时光好短好短……

有雨或浓雾笼罩时，那雨吧嗒吧嗒落在河面，雨点打在河水里，那水中的圈圈像上帝的眼睛，在河面上眨啊眨的，给河水带来了灵性。雾在上面东扭西飘，袅袅升起，像白色的飘带，绵延地瞅不到尽头。

一会儿，阳光穿过雨雾，从云层的罅隙中照射下来，那光映在河面雨飘的圈圈里，河中像升起的太阳，在波光粼粼的水面下，给人一个不同的景象。

那河在家门前是一道美丽的风景，有时跨在水牛背上，沿河边走着，朝霞映在脸上，望着那草丛里一颗颗晶莹的露珠，在晨曦的霞光照映下，五光十色，光芒耀眼。

有时傍晚时分，蛙声一片，挽着裤腿走进河里，那水透心凉爽。站在河中，望着不远处的山峦上挂着半轮明月，那月在静谧的河里，朗朗照人。

那时，若有一名画家，挥笔绘画着河水的恬静，让人类会多一幅有

205

欣赏价值的山水画卷；若是一名作者，会搜尽字典中优美的语言，叙述着人间快乐的烟火。

走在河边，感受日月的余晖，就像珍惜时间的分秒，那享受，那愉悦，那心情，像日落的霞辉，在美丽的瞬间，留下了无以言明的幸福、快乐……

那河，在家的旁边，站在窗台可以望见……

做一件事情到底有多难

世上的事像水，平静时伸手去抓，除了感知水的温度，也就两手空空的被水浸湿。

生活中，遇上要做的事也是这样，看似简单，做起来费神费力，或出力不讨好，最终得不到一个好的结果。

记得去一个机关办事，被保安拦住，必须接到里面的人通知，方能进去。我说是公事，有证件有介绍信。他说，没有里面的电话，再急也不能进去。

我望着手中一张盖章的纸，显得那么苍白无力。突然，望着旁边一个求助的老百姓，我无奈地摇了摇头，连说三个"难"字，那是一个普通的老百姓啊，怎能进去？

门都进不去，何谈办事？

前天路上一个小区，那小区破旧，见铁栏杆旁搭着一个只容两三个人的棚子。棚子是用帆布和塑料围的，一个人正从栏杆外伸手过去，我瞅了一眼，那是一个配钥匙的地方。天还很冷，手伸出来冻得有些僵硬。一个男子在这样的地方养家糊口，是快乐还是幸福？我找不到答案。

生活中，我也见过凝愁的富人，因四处碰壁，先前的光景也不再拥有，生活沦落得像个乞丐。

其实，生活中的难，做一件事你就知道了。是苦是甜，是痛是乐，自己便知。

难者，也是生活的强者，属于那个在背后偷偷流着眼泪的人……

爱 上 我 吧

今见一塑料袋上，有那么刺眼的几个字："爱上我吧"。

爱上我是不是有条件的限制，那样的恳切语气，说明是真诚的。人也好，物也罢。真心是爱的基础，有了真诚，爱才有真心。

事实上，往往人在相处或物有所需时，表现得不够那么真诚，也不那么热心，有时是说说而已，有时讲了不再关注，任其在社会上流传。这样，原先的初衷就打了折扣，原有的味道就发生了变质。

爱上我吧，无论是品牌还是所交往的人，第一眼看上去应该顺心顺意，让眼前一亮。另外，就是自身的气质和内在的美。人也好，物也罢，有了气质或品位，才可润心。心有所想，方才可爱。爱上我，需自身的气质和条件。自身的素质和外在的美感达到一定的条件，自然有人心爱，有人欣赏。

不然，外在光亮，内在像豆腐渣儿，当然无人心爱，也无人问津。

爱上我吧，既是品牌，就必须打造好自己。从内在气质上，拥有阳光的心态；从外在质感上，拥有精美的品位；从人文关怀上，满足精神的追求；从鲜明个性上，塑造鲜亮的风格。

那样，爱上我吧，拥有所值，也拥有所爱。

篝　火

上坝第一天的晚上，就举行了篝火晚会，那火在坝上的夜空，像一颗星星，在草原上熊熊升起，大伙围着篝火蹦啊跳啊，兴奋得像个孩子，不知疲惫。

提起篝火，据《陈涉世家》中记载，秦代末年，贫困出身的陈涉，在率领戍卒九百人起义之前，曾和吴广商量，假托篝火为信号："夜篝火，狐鸣呼曰：'大楚兴，陈胜王。'卒皆夜惊恐。"篝火用为号令。这个篝火，为困苦的大众点亮了生存的希望。

关于篝火，在我国有一个叫鄂伦春的少数民族，他们一年一度都举办篝火节。这一天，鄂伦春族不论男女老少，都要穿上节日盛装，精心打扮，围着篝火载歌载舞，欢乐歌唱。

慢慢地，篝火从生活的希望中，演变成一个地方的娱乐。尤其在草原里，每当客人到来，那场篝火能消除一天的疲劳，让人兴奋；也能消磨时间，让人除去寂寞。

那晚，在篝火旁，熟悉的、不熟悉的，都围在篝火旁尽情地欢歌笑语，你拉着我的手，我勾着你的指，相互传递情感，会心地连着友谊。蹦让心情释放，跳让快乐驶来。放开歌喉，哼着乐曲，在篝火的周围领略草原的盛情。有人说，当一个人享受着民族的欢歌，那是怎样的一个情结啊。

草原的夜在一望无垠的星空中，是那样地神秘，也是那么地安静，唯独这一炉篝火像心中的太阳，在草原的夜里经久不息。

我记得宋朝诗人王安石在《出巩县》的诗里写道："昭陵落月烟雾昏，篝火度谷行山根。"

那民族的融合，何尝不是篝火的记忆，篝火的盛会，篝火的思念和繁荣呢？

在坝上，望着那炉红红的篝火。忽然，一颗红红的火星飘在夜空，像一颗民族的心灵，升向遥远的夜空，升向辽阔的草原，在为黑夜的草原默默守护。

徜徉在新县的溪水里

走在新县，那里的山水随处可见，有溪有潭，有沟有河。

山水清澈，伸手可掬。那溪水从山石间细流下来，汩汩作响。沿溪而上，途中风景旖旎，各种树木相互挤着，伸展枝丫喜迎阳光。看，那树上的藤条沿树干攀爬，绕到这树又缠那树，那藤蔓的花朵散出迷人的芳香。听，那细流不断的溪水声，喁喁私语，滴滴深情。

不远处，一对蝴蝶飞来，在眼前上下翻飞，若离若现。站在那里，不由得深深地呼吸一口，进入肺里，那空气好鲜啊，全身筋骨舒坦得又张开大嘴猛吸了一口。

看完这溪，走到那沟，处处溪水淙淙，流水不断，有的从十多丈高的地方飞泻下来，有的从石涧的罅隙中喷雾而去。

顾不上身边的溪水，沟坎边那一丛丛、一簇簇、一朵朵的鲜花，黄色的、白色的、红色的、蓝色的，在微风的吹拂下，频频低头，像多情的手，张开迷人的怀抱，等倾身凑前，俯首惜闻，那姿态忸忸怩怩，羞羞答答，那神情婀娜多姿，娇媚弄首。

在一池溪水旁边，蜻蜓如痴如醉，东飞西瞅，翩翩起舞，有的在你追我赶，有的俯身戏水，一些多情的蜜蜂也来凑热闹，落在溪边的花草上，聆听树旁小鸟叽叽喳喳的叫声。

在新县，在乡村，在沟坎，在山边，你尽可漫步，无论哪条山沟，哪道溪水，都让你止足静观，景迷眼帘；无论哪座山峦，哪个河湾，都能滋润你的心肺，映入你的脑海，让你难以忘情地踏进这块神奇的自然里……

遥 望 的 云

不知什么时候，我对云彩的眷恋如同遥远的乡恋，在落日的黄昏中，总是习习地从心底里莫名地驶来，也总在暮霭的炊烟中，丈二和尚摸不着头脑地抬头望着天空，看着天际边的云，思着异乡的故事。

这样的心思，我不知是从什么时候开始的，也不知何时何地在什么样的季节有了这样的情怀，这般的情趣。曾以为是小时候遥望过它，因为那云像心中的种子，不知疲惫地翻越大山，迈过家乡的田地，飘向了遥远的异地。天晴的时候，我望着后山的云飘过头顶，常跑向山冈，仰首张望，思绪它的洁白，为儿时的心结系上心爱的头绳儿。有雨的日子，我跑到门前，瞅着它乌黑的面庞淌着泪水，见它在雷鸣电闪的催赶下，流露着难以安慰的忧伤。

也许它有了自己的乡恋，不情愿地远涉人世间的辛酸；也许它受了风的使命，需孕育着另一处的温暖。或许是那个时候，我在凝望中开始爱云的出现，也开始在心中放飞着梦想的思绪。有风没雨的日子，我遥望着，见它悠悠地飘在空中，如同棉絮，真想一把把它扯下来塞进心底。不多时，见它深情地远去，无忧无虑的，心里便生了惦记。想念如同期待，希望终有一天，能渴盼它如日的归期。

于是，每每仰望天空，我总是观察不为人设的天气。霞光如辉的晨曦，我见它在东方的天际边舒展着红晕的身姿，宛若天仙，那红彤彤的光线从它的缝隙里吐露五彩斑斓，美丽极了。那时，我一直想站在最高的山上，犹如嫦娥奔月的心境，去端详东方的神采。夕阳如火的傍晚，它又像朝圣们的归宿，飘逸在山峦的那边，虔诚地独白心灵间的圣语，绵延着夕阳最后一束余晖。有时，它在天空中丝丝几束，却勾画着蓝天的祥和；有时，它又一抹于阳光下，给庄稼人带来好天气。记得在一个风和日丽的傍晚，全城防疫的那个时刻，人们的心理紧紧张张的，它出现了，在故宫的顶上，五彩缤纷，天悦人喜。有人惊："故宫上出现祥云了！"有人喜："是个好年景，今年好过，故宫上有祥云了。"有时，我见雨后朗朗的天空，飘来了云蒸霞蔚的风光，美啊！真美，那云如仙女拂袖，在天空中婀娜多姿。

月有圆缺，云也有黑白。可我最怕阴风怒号的天气，黑压压一片，那是云儿无奈的情绪，心情不畅时的哭泣。它忧伤了，洒泪成雨，狂风大作，与世抗争；它温顺时，又承载着使命，俯身而下，飘着洁白的雪花，晶莹晶莹的，说是覆盖着来春的希望。

记得在一个朗月的夜里，我正趴在窗前借着月色翻着刚来的书信，默默地念着心爱的文字。它来了，调皮地将月光收藏了起来。我抬头见它嬉戏地在月亮前穿着薄薄的衣纱，那样浓浓淡淡，遮遮掩掩，如妙手泼墨，又似炊烟袅袅，断断续续，缕缕丝丝，如勾指系心，又似掩口而笑……

是夜，月移山背，繁星闪闪，我怀揣着思念，瞅着星空，那云正停在那里，俯瞰着……

附　录：

我请读者来作序

《朝向彼岸》即将出版了，那里的文章大多数是我出差途中利用空闲时间在手机上写的，有的是在飞机上，有的是在高铁上，还有的是在去乡下颠簸的路上，甚至饭前饭后休息的时间里也没放过那多情的指头，让它在狭小的手机屏上不停地忙碌、抒情，有的刊发在《新华每日电讯》《解放军报》《中国纪检监察报》《散文百家》，有的被作家网、中宣部"学习强国"平台转载……

那时，每思一物或每见一景，那些心灵感怀的东西，我总是在工作余暇的时间里把它从内心的情丝中记录下来，让它成为一种记忆，让它成为一种习惯，让它成为一种爱好。一位老首长见了对我说："你的文章写得很好，把它整理出来吧，出个集子。"一位作家协会的朋友看了对我讲："你的散文很有功夫，真的写得很好，你把它整理出来出版吧。"

于是，不知哪儿来的勇气一连整理了四本散文集。突然，在作序上我犹豫了起来，请谁呢？请谁来作序呢？思想半天，忽然眼睛一亮，何不请上亲爱的读者说上几句，让他们用美妙的语言激励我笔耕的勇气，让他们用心中的肺腑之语为我的写作之路建言献策。

于是，我真诚地邀请了他们，也真诚地谢谢他们，他们用美丽的心灵激励着我，鼓舞着我。

于是，读者的只言片语、饱满真情地在为我鼓劲儿加油着，他们的情，他们的爱，他们的厚望与祝福，都洋溢在那段真情的文字上，也融进我人生奋进的追求里。

你写的文章非常感人！非常用心！非常细腻！用的是真情真心，像读朱自清的散文一样，读了让人感觉很舒服！

——微信网友天行健

你的文章我几乎每篇都看，读你的散文一会儿让人沉思，一会儿让人感慨，一会儿让人落泪，一会儿让人欣喜……你的《那似海的情》写出了一个读者的心声，能让人产生共鸣，你的《我的悲痛化成雪》道出了人间真情和对生死的无奈，那篇《豇豆情》叙述了人世间在涉世之初时的艰难和对生活的向往，《南方有香山》写得文笔飘逸，《南京的雨》让人感慨万千，《爱上我吧》其实就是一个普普通通塑料袋上的广告标语，寥寥几笔写得既让人懂得生活品位，又让人追求事物的质感，《枫藤》就是我们日常所见的爬山虎，你却写得有血有肉，有情有义，《夕阳满屋》写出了家的温馨，《小河边》写出了人间生活的浪漫与美好……你的游记《壶口的虹》《窑湾夜话》《枣庄的灯光》《走近喀什》《小七孔的水》《天湖纳木措》《冬到沙漠看日出》等等，能让人放下笔头，打起背囊去远行；你的目物所思《把日子过好》《别把爱不当回事》《把心思放在正道上》等等，虽然文简篇短，但却让人静坐反思，对照自己。你的文章每篇虽然篇幅不长，但都写得真情饱满；你的文章虽然不是什么长篇大论，但每篇里都有可圈可点感染心灵的语言和句子，让人激动，让人爱看，让人喜欢，让人警醒，让人励志。总之，每个细小的东西，你都有那样的感怀，那样的一往情深。我总是想，你工作那么忙，还能坐下来静心写东西，难得，难得。

——武警出版社原社长高津滔

读王军的文章，就像把玩一颗颗晶莹剔透的珍珠，无论从哪个角度看上去，总是那么五彩斑斓，赏心悦目；它又是晨曦下一滴滴清澈明亮的露珠，总能折射出太阳的光辉来。一碗米粉，便能下笔成文，让读者从中感受着他乡的风情以及生活的乐趣；一座水库，落笔就是一道风景，从美文中能欣赏到一幅幅秀丽的山水画卷。童年的趣事，军营的记忆，家乡的银杏叶，家门口的那条小河……无不在作者笔下妙趣横生，有血有肉，读罢总有字字珠玑、行行妙语之感！揭示着生活的真谛，给读者提供良好的精神食粮。作者一篇《我的悲痛化成雪》，让我们感受到了一个中年汉子对老父亲辞世的不舍、撕心裂肺的痛，听见了一位铁血男儿的号啕大哭，看到了一位孝子在父亲的灵前长跪不起……寄托着作者对父亲深情的哀思，生动地诠释了中国传统孝道文化，让人潸然泪下，让我们懂得这就是有情有义，至情至性，深受教育。

——同乡友人左鹏飞

王军写的文章情真意切，感情细腻，非常感人，文脉富有想象力，内容丰富而不显啰唆，读来让人感觉身临其书，写得别有一番韵味。我虽读你书不多，但总感觉你早已有大作家风范！同学中的骄傲啊！我们想学也学不来的！

——大学同学毛水平

每次读王老师的作品都有身临其境的带入感，浓浓的生活气息扑面而来，像一幅清明上河图徐徐展开，各色人物栩栩如生，引人入胜。文笔洒脱流畅，娓娓道来，既有散文的浪漫优雅，又有现实生活中的情怀，读后余韵悠长，令人回味。我很喜欢王老师的作品。

——国家广电总局朋友周睿

你的文章总是能勾勒出一幅美丽的画面，引人入胜，让人陶醉。不仅如此，反复拜读，细细品鉴，还能促人思索，受益匪浅！

——新疆军转干部陈培培

写景、抒情细致入深，概括总结富于哲理，启发读者思考，追求真善美的人生真谛。而且还是高产作家，勤思敏学，笔耕不辍。

——北京退休干部龙在飞

读王老师的书是思想的驰骋，是会心的交流，是自我灵魂的感悟，很受启发，很感人，感恩伟大的党、伟大的祖国！

——上海民警夏小勇

王同学很勤奋，在工作繁重，出差的高铁、飞机上忙中偷闲写作，生活中的点滴总能激发他创作的热情，而他的文章总能从细微处入手，见微知著，写真感情，写真性情，以细腻笔法写出打动人心、感动你我的语句，写出生活的美，人性的美，传递正能量！

——高中同学汤兴

今天常委会有一个要求，大家要认真读读王军的文章，他的文章很感人，我看了几次落泪。平时大家学习学什么，身边人是个鲜活的教材，就是要学习身边人身边事， 他的文章情感丰富，作风朴实，故事励志，思想纯洁，有一股艰苦朴素的品质，今天读读王军的文章。

——一位县委书记

你的文章写得很好，很感人，很受教育，平时就放在我的床头上，休息时躺下来读一读，几次掉下眼泪。孩子假期放假时，我对孩子说让他好好看看，好好学习，受受教育。

——一位将军

随笔写的文章，均有感而发，没有华丽的文字，通俗易懂。写物，让人脑海瞬间还原出事物的本质；写景，眼前浮现出一幅幅真实画面；写情，内心里的情感油然而生，引起读者共鸣。其对事物观察细致，感情真挚细腻，文章内容正直向上，久读不厌……

——北京读者无虑

一个细小的东西在你的笔下有了生命的活力，字句之间感受到美的享受，同时满满的正能量！

——河北正定法院法官怡景

你的文章内心丰富，感情细腻，让同时代的人感同身受。

——同乡同学微信昵称致橡树

文章本天成，妙手偶得之。八千里路的云与月都伴随着你生动的字迹，在我的骨子里流淌。

——中国医药报社记者

王军其人，明于大德，勤于操守，行于正道。他弘扬公正，通达人情，凡是与他接触过的人都能感受到他的谦虚与诚恳；他善于总结，勤于反思，将日常的所思、所想、所感、所悟融入文学创作中，以情感人、以理服人、以志激人。从山水田园到人生百态，从市井小民到军旅生活，他用文字描绘着一幅幅星辰诗画，他用文字浇灌着一朵朵心灵之花。他的作品深沉厚重、大气磅礴，有力诠释了当代军人高远的理想追求和深沉的家国情怀；他的作品平实朴素、真挚醇郁，每每读后都会产生强烈的情感共鸣，那是一种向善、向上的力量。

——北京科技大学经济学博士、艾劲（北京）科技发展有限公司总经理王玲玲

在这个崇尚高科技的时代，人们被桎梏在了程序的列车上，把思想掩藏，让物欲飞奔，因而有许多人感慨，为什么难写出好的文章、好的诗歌。有一经典名言，"生活不是缺少美，而是缺少发现美的眼睛"。读了王军的散文和诗句，我感受到了真情和哲思的潮涌。他给心情放假，把目光停留在了一片树叶、一滴雨珠、一段古城墙，以及家乡的山山水水。他珍爱那清清的雨、飘飞的风，酝酿了一杯又一杯滋润心灵的甘醇。王军是一名职业军人，从军几十年，他深知自己的责任和使命。在他的散文诗里充满了正能量，歌颂了日益

221

强大的祖国，践行着诗意的唯美和崇高。他不凡的视野、特殊的心路历程，我们感受到了诗者的博大胸襟和坚强，以及爱国爱民的忧思与追求真善美的理想都纳入到了散文里，感受到了一种完整的、深刻的、罕见的精神美。

——国防大学王恒

文章文笔清新，情感丰富，语言朴实，引人深思，平凡中显示出不凡的文学功底。

——中国科学院大学智新

每一篇文章都是作者人生路上的一个故事，每个故事都能够迅速抓住读者眼球，并吸引读者一直读下去。亲情部分让人潸然泪下，写出了骨肉相连的深情，相互理解的默契，牵肠挂肚的惦记，圣洁无私的呵护，充满了爱的温馨。友情部分让读者懂得什么是真诚，明白什么是感动，感悟什么是快乐，友谊乐趣无穷。乡情部分写出了游子对故乡的浓浓思念。关于爱情写得如此微妙而美好，军人的爱情路上是一个坚毅的历程，是那不放弃的执着，写出了军恋特有的真挚和浪漫，也有着独一无二的甜蜜。

——北京民警

月色朦胧，初冬里，一壶茶，一箪食，和衣而坐，耽美文佳趣，忘却长夜漫漫。尝闻陆机《文赋》云："石韫玉而山辉，水怀珠而川媚。"盖蕴其质者，必形诸文；慧于中者，必秀乎外。吾观今世，身揣富足银两者众，驱车马于闹市者有之，居高堂华厦者也多，独能以文字描绘生活抒发情怀并结集成书者稀。看似平凡，实则独具，以数十年之阅历而诉之于笔耕，品先生之文，可见戎装铁甲之下，难掩柔骨情怀。一春一秋、一饮一馔，皆为先生采撷，沉香酝酿，而后脱颖芬芳；烟火清欢、风物琳琅，唯有慧眼能赏，文思泉涌，只叹纸短情长。无论是小处写意，亦或是大处泼墨，皆情思浓厚、感化人心，之于吾可谓是：于煎熬处得希望，于意满时知守心。手举繁星者、必有光亮，赠人玫瑰者、手有余香，愿与读者诸君得以佳作共赏。

——空军某部战士夏天

很奇妙，王军叔叔的文字，带有自传性质的那部分尤甚。它们特别容易让我在字里行间找到共鸣和相似性。细细品咂它对抗生活、敬畏生命的撕扯感之后，留有余味的却偏偏是更深刻的自我敞开。它带给我的最鲜活的意义在于找到了清晰的向往，也就是——更清楚自己现在是谁，想成为谁，以及怎样成为！

——山西省山阴县公务员安艳霞

你的文章犹如祖国大好河山，滋养心灵情感，处处流露爱的力量，时而让人落泪，时而捧腹大笑，细腻，真诚！时而精忠报国，势不可挡，犹如中华儿女，淳朴坚定，万众一心！

——西安读者黄萍

你的文章情感细腻，朴实无华，感人至深，读后会有共鸣！父亲那篇，看到几次落泪，真情实感，特别感人。

——北京房山区某村支记杨国华

兄长王军，军人，作家，近三十年戎马生涯熔铸了他的坚质浩气，同时又散发着儒雅气度。不张扬，不故作豪放，崇尚含蓄内敛之气韵。又是诗人，诗言其志，寄情而作，随物应生，朴实无华。江浪滔滔，世事繁杂。常寄言于朋友圈，犹如茶肆，方尺桌上系天下。江湖纷争，旧史典故也尽在闲话义愤中。东蹲西蹭半载，浪流各地数月。余无兄才，每每借其言当己出。仰慕兄台畅意抒怀，深得益智。以家为点，以微信为媒，只言家常生活之事。今计划整理出书，摆开八仙方桌，纳四方游散小憩闲坐。既恭迎贤人雅士，名流风骚客清谈，也不拘吾等袒胸露肚、挖鼻抠丫汉喧哗。敞纳天下众汇一席，自抒己见。留壁待墨，置盂盛痰，除苍蝇者，一概不拒。谨以此数句，致敬兄长。

——新县一中校友苏锡江

偶阅朋友圈时，见你的散文诗词，多是烟火缭绕的人间亲情和日常生活，每每品读，韵味十足，有含义，有寄托，融入了感情、思想、意志、生命，是非常真诚的、非常直接的一种兴发感动在作品中留下来了。

——北京读者萍

初识君之文章，是在一个微信群里看到的。因时隔三十多年，虽文后都有署作者名，但同名同姓很多，我并不知作者是何人，更不知作者在何地何处工作，但唯美的文字却吸引我不断地去阅读，去赏析：每一寸情，每一件琐事，每一朵花，每一处景色，每一段心灵情感……在君之心中都会涤荡出最纯真质朴的情，最善良的感动，如涓涓清泉在君之笔端流淌，唯美而清新，清澈澄明。如诗如画的文字，饱蘸了君之内心乐观、向上、坚韧、豁达、正气、向善的人生态度，以及对家乡、对朋友、对挚亲、对山川河流的深深热爱和眷恋。只有内心如玉温润，才能写出情感如此细腻饱满的，让人读之或流泪，或心旷神怡，或充满感激，或产生蓬勃热情的篇篇精美之文。

——新县古诗词爱好者汪颖

蒹葭苍苍，白露为霜。儒士王军，善为文章。美文清雅，韵味悠长。涓涓清流，滋肺润肠。匠心巧思，文采飞扬。冬读温暖，夏品清凉。语言洗炼，行文流畅。贵在真实，采风故乡。文短意丰，表现力强。少年趣事，跃然纸上。家乡景物，游子不忘。读君美文，疗我心伤。

——同乡友人左鹏飞赋诗一首

……

为此，我捧着读者真切的言语和心灵中的文字，思考着那字那句的情真意切，我像捧读圣书一样铭记心里，也在日后的生活中时常惦念着这些可尊为师的读者啊！不论何时，不论文字的长短，他们时常在我的微圈里点赞关注，送来表情和温情。为此，我常在莫名的夜晚静静地坐在一处感受着那份难得的世间情感，也爱在空余的时刻里思念着友人无处不在的关怀。

今以读者为序，也是一份尊重，一份爱意，一份情谊，愿我永远地记住他和她。

二〇二二年三月

后　记

在世事平淡无奇的日子里，我见往日心灵而约的那些文字、那些小文一篇篇编辑成册快要出版的时候，心里总觉得在书的最后面要说点儿什么，感觉不说出来似乎缺点儿什么似的，思来思去，说什么呢？

是善行，还是善待？是感激，还是感恩？

在众多的关爱中，我懂得了善行，也学会了善待；在无私的帮助中，我懂得了感激，也学会了感恩。在日出星没的日子里，有人在默默地关注着，也有人在暗暗地关心着，有人在为我摇旗奔走，也有人在为我守望相助……那每一份真情，每一点儿心意，每一次点滴的帮助，让我在人生的路上有了信心，有了希望，有了底气，有了一种不甘人后的精神。他们中有的是我的亲人，也有的是我的朋友，有和善的领导，也有相处的同事，有陌生的长辈，还有不知名的读者。

他们是智者，也是我的良师益友，更是我终身感激受益的朋友。他们在我求知的路上，像雾中的灯塔，也似雨后的太阳，让人看到了创作旅程的希望与光芒。

于是，在人生苦难的岁月里，在生活没有着落的雨天中，我常把他们的话语、他们的教诲，当作圣书一样捧在胸前，让我不失旅途，不迷方向，不怵未来。

我在渴望知识的途中，初涉世事，像一叶小舟在人生的大海里漂泊着，那里有风，也有雨，那里有苦，也有泪。我在寂寞的途中挺住，在艰险的十字路上学会了摸爬滚打，也学会了识人爱人，更懂得珍惜友情和相爱关爱的人，我认为每次的相遇，每次的相视，每次的不请之情，都是人生修来的福分，都是母爱育儿的一首不老的歌谣。

我常想，在好人的氛围中，我也学会了做些举手之劳的事，做些力所能及的事，做些解他人困境所迫的事。我感谢那些为我操劳的人，也感谢那些平时只要有事说一声就记在心里的人。他们是好人，也是心善之人。他们厚道，他们忠实，他们有责任，他们把友情间的事当作自己心中的事，他们把毫无怨言的付出当作真诚的担当。

为此，在出版这些心灵文字的时候，那个仁厚的编辑，那个建言献策的朋友，那个热情温心的兄弟，那个倾心关注的读者，他们辛勤的付出和不情之请，让人感动，让人心存感恩。

感谢他们用辛勤的汗水在为我的文字加工打磨，编辑成册；感谢他们用热心的心肠在为我日后的创作指点迷津，寄望我多出优秀的作品。

为此，感恩在心。"泪盈襟，礼月求天，愿君知我心"。为此，我双手合十，道声情深似海、恩重难移……

"未知天地恩何报，翻对江山思莫开。"愿我一心向善，一生图报，为国为家，为恩为情，为爱而生。

二〇二二年三月

227